Eulogizing China

诗 颂 中 华

面朝大海，春暖花开

李少君　王昕朋　丁鹏　主编

中国青年出版社

图书在版编目（CIP）数据

面朝大海，春暖花开 / 李少君，王昕朋，丁鹏主编．
北京：中国青年出版社，2024. 12. -- ISBN 978-7
-5153-7508-3

Ⅰ . I227

中国国家版本馆 CIP 数据核字第 2024VG7752 号

面朝大海，春暖花开

李少君　王昕朋　丁　鹏　主编

责任编辑：曾玉立
封面设计：鸿儒文轩·末末美书
出版发行：中国青年出版社
社　　址：北京市东城区东四十二条 21 号
网　　址：www.cyp.com.cn
编辑中心：010-57350401
营销中心：010-57350370
经　　销：新华书店
印　　刷：三河市华东印刷有限公司
规　　格：880mm×1230mm　1/32
印　　张：6.5
字　　数：134 千字
版　　次：2024 年 12 月第 1 版
印　　次：2024 年 12 月第 1 次印刷
定　　价：58.00 元

本图书如有印装质量问题，请凭购书发票与质检部联系调换。联系电话：010-85707689

新诗的中国式现代化路径（代序）

丁　鹏

　　"白话作诗"的新诗是"五四"文学革命的突破口，也是中国文学走向现代化的开端。如钱理群所说，1918 年 1 月，《新青年》4 卷 1 号发表白话诗九首，"就宣告了中国现代文学的诞生"。按照严家炎的说法，中国文学现代化的起点比工业、农业、国防和科技的现代化的起点要早整整三十年。而在中国文学中新诗又是最早走向现代化的文体。

　　虽然相比于"在鲁迅手中开始，又在鲁迅手中成熟"的现代小说，新诗的成熟要晚一些。但如果按照波德莱尔意义上的"现代性"就是每一个"新"事物或"新"时代所具有的那种特性，那么立志要新于一切已有诗歌的"新"诗，则体现出文体本位的对现代性的高度自觉。

　　虽然早在五四时期中国文学的现代化就已经率先开始，但"现代化"一词在中国被广泛使用，则要迟至 1933 年 7 月上海

《申报月刊》发起的对于"中国现代化问题"的大讨论。当时东北三省和热河已经被日本占领，冀东22县也在日伪的势力范围之内。出于拯救民族危亡的迫切，该刊痛心疾首地呼吁，中国要赶快顺着"现代化"的方向进展。

20世纪30年代的上海作为亚洲最大的国际贸易中心和金融中心，是中国现代化程度最高的城市。依托其繁荣的都市消费文化，倡导现代主义的《现代》杂志创刊，并形成了以戴望舒、卞之琳、何其芳等为代表的现代诗派。主编施蛰存认为"纯然的现代诗"应该表现"现代人在现代生活中所感受到的现代的情绪，用现代的词藻排列成的现代的诗形"。

现代诗派的诗学与实践对推动新诗的现代化发挥了十分重要的作用，不仅在于其对现代性的深刻把握与自觉追寻，更在于其某些主张对中国传统诗学观念的继承与转化，某种程度上弥合了新诗与旧体诗的断裂，也有力地回应了梁实秋对初期"新诗，实际就是中文写的外国诗"的尖锐质疑。游国恩认为："（20世纪）30年代，戴望舒与卞之琳二人，一南一北，一主情一主知，与其他诗人一起，合力打造了中国式的现代主义诗歌。"虽然新诗具体在谁的手中成熟，学界未有定论，例如有戴望舒、卞之琳、艾青等不同说法，但一般认为是现代诗派以其突出的创作实绩，以及丰富的理论建设将新诗推向了成熟。

但正如前面《申报月刊》专号所描述的，当时的中国国民经济整体处于"低落到大部分人罹于半饥饿的惨状"，国防也正面临侵略者铁蹄的践踏。当日本发动全面侵华战争以后，再去书写大都市新潮的现代生活与现代人寂寞感伤的情绪，已经与国内情势、与时代主题相脱节。因此，现代诗派所建构的新诗现代化道路还需要进一步地拓展。

1937 年全面抗战爆发后，曾是《现代》杂志作者的艾青写下名作《雪落在中国的土地上》。时代的旗帜引导艾青修正写作的方向，而艾青也自信为新诗找到了"可以稳定地发展下去的道路：现实的内容和艺术的技巧已慢慢地结合在一起"。此后，他为中国人民奉献了他最动人的作品《北方》《我爱这土地》《黎明的通知》……正像吴晓东所评价的艾青诗歌"背后正蕴涵了一种深沉的力量，反映着民族坚忍不拔、自强不息的精神"。

虽然 20 世纪 30 年代的诗人们通过探索，已经逐渐意识到应该将现代主义与古典诗词或现实生活相结合，但新诗革命所遗留的"新与旧""中与西"的对立，仍旧是困扰不少诗人的诗学难题。直至 1938 年，毛泽东明确提出要"把国际主义的内容和民族形式"紧密结合起来，创造"新鲜活泼的，为中国老百姓所喜闻乐见的中国作风和中国气派"，将民族化议题提升到了与现代化同等重要的高度，引发了关于新诗民族形式问题的大讨论。学习民歌形式，又蕴含现代思想的"民歌体叙事诗"是新诗民族化的成果之一，代表作有李季的《王贵与李香香》、张志民的《王九诉苦》，以及新中国成立后发表的阮章竞的《漳河水》等。

而力扬 1940 年发表的文章则从新诗的民族形式出发展望了新诗的中国式现代化方向："诗的民族形式，是发展了自由诗的形式，它必须吸收民间文学适合于现代的因素，接受世界文学进步的成分，并切实地实践大众语的运用，而贯彻以现实主义的创作方法。"这为新诗，描绘出了一幅既拥有文化自信自强，又具有开放包容精神的中国式现代化蓝图。

1942 年 5 月，延安文艺座谈会召开。毛泽东谈道，"我们的文学艺术都是为人民大众的"，将 20 世纪 30 年代"左联"所倡导的"文艺大众化"问题提升到了政治的高度，同时又基于文艺自身的规律，"反对只有正确的政治观点而没有艺术力量的所谓'标语口号式'的倾向"。"讲话"将文艺的自律与他律紧密地结合了起来，一定程度上纠正了抗战诗坛提倡战斗性、忽视艺术性的偏颇。新诗大众化运动还促进了 20 世纪 40 年代朗诵诗运动的开展。朱自清在《论朗诵诗》的末尾预言，配合着现代化，朗诵诗会"延续下去"。的确，改革开放新时期以来，以王怀让为代表的朗诵诗仍显示出旺盛的生命力。

除了积极参与朗诵诗的理论建设，朱自清还在中国第一个明确提出"新诗现代化"的课题。1943 年 2 月，苏联取得斯大林格勒战役的胜利，抗战形势向好的方向扭转。同年 9 月，朱自清在《诗与建国》一文中写道："我们现在在抗战，同时也在建国；建国的主要目标是现代化，也就是工业化。……我们迫切地需要建国的歌手。我们需要促进中国现代化的诗。"朱自清将新诗现代化置于建国大业的宏大背景及中国诗歌史演变的历史进程中加以探究，并将新诗现代化作为自己诗学追求的核心。正如李怡所说："朱自清的探索表明……只有扎根于中国文学深厚的传统才能创造出新诗。在这个意义上，朱自清探索的是中国人'自己的'现代化之路。"

1945 年，抗战取得完全胜利。1946 年，西南联大解散，迁回北京。读书人终于有了一张安静的书桌。1947—1948年，时任北京大学西语系助教的袁可嘉先后发表了《新诗现代化》《新诗现代化的再分析》等一系列文章集中探讨新诗现代化问题。他主张将现代主义与现实主义、民族传统高度融合，创作出综合"现实、象征、玄学"的"包含的诗"。能代表这一诗学追求的诗人有冯至、穆旦、郑敏、陈敬容、杜运燮等。两年前，朱自清在《诗与建国》中与国际接轨，甚至"迎头赶上"的新诗现代化愿望，似乎正变成现实。例如，许霆判断，中国新诗派"在20世纪40年代的崛起表明，中国新诗与世界诗潮开始了同步的演变和发展"。

新中国成立后，一方面，随着新诗大众化趋势的逐渐加强以及诗人们政治热情的不断高涨，朗诵诗进一步发展为政治抒情诗，贺敬之、郭小川是这一诗体的代表性诗人。另一方面，随着工业化的发展，以"石油诗人"李季为代表的工业诗人为新诗现代化增添了工业化的题材。再者，随着祖国统一的进程，此前很少进入诗人视野的塞外边疆风景、少数民族风情成为书写的对象，扩展了新诗民族化的内涵和外延。

1956年4月，毛泽东正式提出"百花齐放，百家争鸣"方针，为新诗的中国式现代化营造了可贵的开放、包容的氛围和环境。同年8月，为贯彻"双百"方针，中国作协等单位发起了"继承诗歌民族传统"的大讨论，深化了对于新诗民族化的探讨。1957年1月，中国唯一的国家级诗歌刊物《诗刊》创刊，毛泽东在给《诗刊》编辑部的信中肯定和支持了新诗的发展。在贯彻"双百"方针方面，《诗刊》陆续发表了以新诗现代化为追求的冯至、穆旦、杜运燮、唐祈等诗人的诗作，唐湜的诗论，卞之琳的译诗等。

然而，从 1957 年下半年开始，"双百"方针受挫。1958 年，作为新诗向民歌和古典学习的路径尝试，以工农兵为创作主体的"新民歌运动"在全国范围内轰轰烈烈地开展，将新诗大众化推向了高潮，但也迅速落潮。一方面，对新诗主体性的剥夺，使新诗逐渐走向"非诗"，口号化的创作模式也偏离了延安文艺座谈会"反对只有正确的政治观点而没有艺术力量的所谓'标语口号式'"诗歌的理论指引；另一方面，脱离现代化的大众化或民族化探索，使得以"新"为特色的新诗不自觉地滑向了"旧"的窠臼。

1965 年，《诗刊》被迫停刊。以穆旦为代表的一部分诗人仍坚持现代化的诗艺的探索，正如王佐良评价穆旦写于 1975 年、1976 年的诗："他的诗并未失去过去的光彩"。1976 年 1 月，《诗刊》复刊。1978 年 3 月，第五届全国人大第一次会议通过宪法，将"双百"方针写入总纲第十四条，"双百"方针重新得以实行。

1978 年 12 月，《今天》创刊，"今天"的命名本身就带有强烈的现代性自觉。以北岛、舒婷为代表的朦胧诗派继承了现代诗派、七月诗派、中国新诗派等前辈诗人们新诗现代化的经验，并注重对民族传统的吸收，以充满启蒙理想与崇高精神的诗作，恢复新诗的主体性，重拾人性与诗歌的尊严。

1979 年 1 月，《诗刊》社召集召开了全国诗歌创作座谈会。艾青、冯至、徐迟、贺敬之、李季等诗人在会上作了发言，卞之琳、阮章竞等诗人参加了座谈会。座谈会聚焦新诗现代化问题，听取了英美等国诗歌现状的介绍，探讨了诗与民主等议题。与会诗人认为诗人必须使自己的思想、感情和行动适应现代化的要求，既要继承我国的民歌、古典诗歌等优秀传统，也要借鉴外国的一切好东西，努力使新诗达到现代化、民族化和大众化；并提出了重视少数民族文艺创作、儿童诗创作、重视培养青年诗人等建议。同年3月，《诗刊》以《要为"四化"放声歌唱——记本刊召开的诗歌创作座谈会》为题发表了上述会议纪要；还发表了徐迟的《新诗与现代化》一文，认为新时期诗歌工作的重点要转移到社会主义现代化的新诗创作上来。

上述发言和文章，使人很容易联想到中国新诗派在20世纪40年代有关"新诗现代化"的探讨，包括袁可嘉的《新诗现代化》《诗与民主》等文章。1981年，中国新诗派诗人诗歌合集《九叶集》出版，归来的诗人们继续着自己的新诗现代化志业。1988年，袁可嘉的理论专著《论新诗现代化》出版。受"中国式社会主义"概念的启发，袁可嘉还明确提出了"中国式现代主义"的诗学概念，其"在思想倾向和艺术方法两个方面，与西方现代主义有同更有异，具有中国自己的特色"。

到1985年前后，面对西方文化的大量传入和市场经济的飞速发展，以韩东、翟永明等为代表的"新生代"诗人选择了"最能体现时代的样式"，从"现代主义"走向了"后现代主义"。但正如韩克庆所说，后现代主义是对"现代性的延续和调整，它是对现代性弊端的批评，而不是对现代性的终结"。"新生代"诗人的反叛仍然在促进新诗向现代化的方向发展。

90 年代诗歌继承了 80 年代诗歌新诗现代化的努力与探索，同时也对 80 年代诗歌的启蒙倾向与纯诗倾向进行了反思。诗人们褪去了英雄的光环或"逆子"的标签，诗歌也隐退到市场经济的边缘。诗人们选择在个人化和日常化的基础上进一步修复、调整现代性与现实、历史、传统、本土的关系，进而构建可持续的新诗中国式现代化路径。如王家新、孙文波等诗人提出的"中国话语场"概念，以及中国新诗派的代表诗人郑敏这时提出的"汉语性"概念等。

新世纪以来，随着互联网的逐步普及，网络诗歌迅猛发展，并经历了从诗歌网站到博客，再到如今公众号、短视频、小红书等传播媒介和话语场域的更新与迭代；随着高校的扩招，创意写作学科的发展，驻校诗人制度的形成，《诗刊》社"青春诗会"、鲁迅文学院培训班、网络诗歌课程等来自官方、学院、社会等力量的联合培养，使得新世纪的诗歌创作向更加专业化、规模化的方向发展。

2014 年 10 月，文艺工作座谈会召开。习近平总书记谈道，"文艺创作不仅要有当代生活的底蕴，而且要有文化传统的血脉"，同时"必须认真学习借鉴世界各国人民创造的优秀文艺"，并指出"现代小说、现代诗歌等都是借鉴国外又进行民族创造的成果"，强调要以"孜孜以求、精益求精的精神"打造精品，"要适应形势发展，抓好网络文艺创作生产"等，为党的十八大以来的新诗的中国式现代化发展提供了战略性引导。

2022 年 10 月，习近平总书记在党的二十大报告中明确提出"中国式现代化"。贺桂梅说："全球性现代文明的危机和人类科技及产业革命，迫切需要探索一种具有想象力的未来发展的可能性。'中国式现代化'是从人类文明史高度提出的新理论，不仅关涉中华民族的命运，也将塑造人类文明史上的新形态。"

以中国式现代化理论为指导，2024 年 7 月，中国作协与浙江省委宣传部共同主办"首届国际青春诗会——金砖国家专场"，来自 9 个国家的 49 名外国青年诗人参加，进一步加强我国诗歌和世界诗歌的交流互鉴，以诗歌的形式参与构建人类命运共同体。

同年 9 月，由《诗刊》社、新疆兵团文联、八师石河子市共同主办的"新诗的中国式现代化道路"研讨会召开。与会诗人在长达一天的研讨中畅谈新诗的中国式现代化议题。老诗人杨牧在发言中希望"中国诗人在新时代找到最贴近时代和人民的语言，创作具有底蕴和新意的现代诗歌"。评论家陈仲义认为"新时代的诗歌，要在继承与薪传的基础上，以创新为最高准则与目标"。

也许新诗永远不会有完美的模型或范式，在中国式现代化的道路上，新诗将随着时代的发展不断创新，永远现代。正如鲁迅所说："北大是常为新的，改进的运动的先锋，要使中国向着好的，往上的道路走。"同样，起源于北大的新诗也是常为新的，总能发时代之先声，引领思想与文化的浪潮。相信未来，新诗也必将在"以中国式现代化全面推进强国建设、民族复兴"的"这一前无古人的伟大事业"中发挥重要的推动作用。

目录

目
录

韩东的诗

韩东（1961—　　　），江苏南京人。1982年毕业于山东大学哲学系。曾任陕西财经学院教师、南京审计学院教师、广东省作家协会合同制作家、深圳尼克艺术公司职业作家等。1985年与于坚、丁当等诗人组织创办了"他们文学社"以及文学刊物《他们》。曾提出"诗到语言为止"的主张。诗集《奇迹》获第八届鲁迅文学奖。曾获华语文学传媒大奖·2003年度小说家奖。

雨

什么事都没有的时候

下雨是一件大事

一件事正在发生的时候

雨成为背景

有人记住了，有人忘记了

很多年后，一切已成为过去

雨又来到眼前

淅淅沥沥地下着
没有任何事发生

我和你

我和你相遇、相爱、相伴随
我和你分居两地，度过一段时间
我对你的怜惜以及痛苦
你对我的依恋以及不幸
我和你灵魂相亲又相离
所有的这些都是偶然的

我和你一样，来自父母
偶然的相遇、相爱、相伴随
来自他们偶然吃到的食物
偶然获得的性别
我们长大，听凭偶然的风吹
偶然的人世像骰子摇晃
得出一个结果：
一是一点血
六是两行泪
只有这是必然的

日子

日子是空的
一些人住在里面
男人和女人
就像在车厢里偶然偶遇
就像日子和日子那样
亲密无间

日子摇晃着我们
抱得更紧些吧！
到站下车
热泪挥洒
一只蝴蝶飞进来
穿梭无碍

我仍然可以热爱生活

四周天际发亮
头顶乌云翻滚
我从家里出来上班

由西往东而去
树木和群楼
播撒奇怪光影

来到工作室，偏头疼发作
服药躺下
有愧于这光景

中午风停了
阳光普照且寒冷
两个女服务员在店里包馄饨
边包边聊。一些人在门外打麻将
一些人围观

生活似乎在馄饨馅儿里
而在麻将桌上
有人大声地读了出来

其他的风景是：
同学们在篮球场上运球
理发店门前一个大姑娘抱着一个小姑娘
一只黑猫蹲在围墙的拐角
冲我咪咪地叫

偏头疼停止
我仍然可以热爱生活

塔松，灰天

塔松，灰天
从我母亲的窗口看出去。

母亲离世后，我从她的窗口看出去。
塔松，灰天。

现在，我们离开了那房子
不认识的人站在窗户边。

楼上的风撩动那人灰白的发丝
那是一位像我母亲一样的老年妇女吗？

或者是一位像我这样的中老年？
我看我母亲，而她看窗外
塔松，灰天。

一条忠犬看着我，也许
我就是它的塔松。

母亲已成为我的灰天。

清贫，无传家之物
只有这窗景，可寄托无限思念
可我们已将它售卖出去。

骆一禾的诗

骆一禾（1961—1989），北京人。1984 年毕业于北京大学中文系。与海子、西川并称"北大三诗人"。曾任《十月》杂志编辑。参加《诗刊》社第八届青春诗会。著作有诗集《世界的血》《海子、骆一禾作品集》《骆一禾诗全编》《骆一禾的诗》等。曾获《十月》冰熊奖。

遥忆彩云南

阳光穿透了所有的丛林、小站
还有那些建设者的铁路
木门里坐着叫作丹的女孩儿
你的父亲靠近太阳

云块举着亚洲的红土
这是一条义人的道路
当脚步证实心脏的时候
这是一种心声

一条博大的道路

投掷阳光的实体
我此去头顶着醴酒和羔羊

辽阔胸怀

人生　雷刑击打的山阳，那征程上
一个人成长
　　　　　另一个人退下如消逝的光芒
人生有许多事情妨碍人之博大
又使人对生活感恩。
在阴暗里计算的力量来到光明，多么恼恨。
谁不能长驻辽阔胸怀
如黄钟大吕，巍峨的塔顶
火光终将熄灭，只剩下洞中毒气
使穷兄弟发疯

在林中眺望河口与河面
一条鱼，一群裸身渡河的人，一匹矫健的
无鞍马，正在阳光下闪烁
并不在心中阴暗

为美而想

在五月里一块大岩石旁边

我想到美

河流不远　靠在一块紫色的大岩石旁边

我想到美　雷电闪在离寂静

不远的地方

有一片晒烫的地衣

闪耀着翅膀

在暴力中吸上岩层

那只在深红色五月的青苔上

孜孜不倦的工蜂

是背着美的呀

在五月的一块大岩石的旁边

我感到岩石下面的目的

有一层沉思在为美而冥想

漫游时代

愿尽知世界

我只有扶额远游
对一生的虚掷无法考虑
故我离我远去
背着斧头：这开采工具的工具
提炼和拓展的工具
因我在漫游中不能避讳遗失或首恶
在血泊里我只是一道漫游的影子

我能，我做，我熔炼
这是我所行的
为我成为一个赤子
也是一个与我无关的人

漫游者深入麦浪
不可知的荫凉，我自身的影子

深入青花、盐的遗骨
王国和铜
在沉入浓荫的深夜里睡于杀气

而漫游者啊

骨髓为累累的青花和雨王所侵略
鲜红的花冠

这不问方向的天敌的花

葵花、母羊和时间

其大红、剧烈和披靡

引我尽知世界

祝我成为那与我无关的人、那赤子

使无人更显得华丽

渡河

当年我只身一人跋涉

我只身一人渡河

石头飘过面颊

向天空挥出水滴，有一些面颊

在空中默不作声

时远时近

我头戴醴酒渡河

而今我又是

只身一人

在青翠山梁上我看见净土和影子

请容我在此坐下

怀念一会儿

激流变得更深

我已渐渐肃穆

听水声在石器外面激溅辗转

白色羊皮淙淙滚动

一只背粮的蚂蚁

与我相识

放下身上的米粒

问我背着大地是否还感到平安

……嗬我感到热风吹过面颊

烈日晒着平伏的伤口

在温暖无边的大地上回忆是这么苛刻

陈东东的诗

陈东东（1961—　　），上海人。1984 年毕业于上海师范大学中文系。先后做过中学教师、机关职员、编辑等工作，1990 年末辞职专事写作。1982 年与王寅等创办诗刊《作品》，1988 年与西川等创办诗刊《倾向》，1992 年创办诗刊《南方诗志》。著有诗集《明净的部分》《即景与杂说》《夏之书·解禁书》等。曾获华语文学传媒大奖·2018 年度诗人奖等。

点灯

把灯点到石头里去，让他们看看
海的姿态，让他们看看古代的鱼
也应该让他们看看亮光
一盏高举在山上的灯

灯也该点到江水里去，让他们看看
活着的鱼，让他们看看无声的海

也应该让他们看看落日
一只火鸟从树林里腾起

点灯。当我用手去阻挡北风
当我站到了峡谷之间
我想他们会向我围拢
会来看我灯一样的语言

雨中的马

黑暗里顺手拿一件乐器。黑暗里稳坐
马的声音自尽头而来

雨中的马

这乐器陈旧，点点闪亮
像马鼻子上的红色雀斑，闪亮
像树的尽头木芙蓉初放
惊起了几只灰知更雀

雨中的马也注定要奔出我的记忆
像乐器在手
像木芙蓉开放在温馨的夜晚

走廊尽头

我稳坐有如雨下了一天

我稳坐有如花开了一夜

雨中的马

雨中的马也注定要奔出我的记忆

我拿过乐器

顺手奏出了想唱的歌

航天诗

大气是首要的关切。航天器不设终点而无远。

它过于贴近假想中一颗开始的星，

新视野里除了冰脊，只有时间

尚未开始。

它出于鸿蒙之初最孤独的情感。在山海之间，

发现者曾经晏息的小区又已经蛮荒，

幽深处隐约有一条曲径，残喘于植物茂盛的疯病，

追逐自己伸向尽头的衰竭的望远镜。

黄金云朵偶尔飘过，偶尔堆砌，

突然裂眦：潭水暴涨倒映一枚锈红的

月亮，瞳仁般魔瞪操纵夜空的太空之空。

宇宙考古队拾到了传说的钛金储存卡。

那么他死去也仍旧快活于曾经的恋爱。
当风卷卧室的白色窗纱，精桃细选的镜头
对准了窗纱卷起的一叠叠波澜，波澜间冲浪板
锋利的薄刃，从造型嶙峋的惊涛透雕宝蓝色天气。

这不会是最后的晴朗天气，然而最后的影像显示，
扮演恐龙者全部都窒息。防毒面具换成宇航盔，
他隐约的目的性在星际幽深处，因遨游的
漫荡无涯而迷惘。当他的身体化入

共同体，他无限的意识不仅被复制，
也被彗星拖拽的每道光携带，摩擦万古愁。
或许出于思绪的延伸（像一条曲径）——
被切割开来的黑暗未知如果是诗，没有被切割

永不能抵及的黑暗未知之浩渺就一定是。
而在眼前的新视野里，发现者尚未开始的又一生，
已经从储存卡获得了记忆——另一番想象
来自前世的一个夏天：斜穿过午梦闪耀的宁寂，

大人带孩子参观动物园。鸟形禽馆栖于阴翳，
粗陋的铁栅栏，挡住麒麟和外星独角兽。

"肉鲜美，皮可制革。"标牌上刻写
精确的一行字，曾经，也是诗。

汪伦的回应

五十四岁了他还在玩
到泾县已弄不清今夕何夕，但还想玩

有人走进酒肆，从敞开的座头
注目码头。有人用铜钱和竹签占卜

再过一年，国破；再过三年或许遭流放
再过八年此生和篇章全部都交付

那些诗行却也是来世，谁诵读，谁就漫游
就恍恍与之去，举杯销愁愁更愁

又坐到酒馆窗前的时候，有人赞叹月下飞天镜
而他继续玩，乘舟将欲行。二十六年不复！他记起

当初送友人直至碧空尽，如今反过来
他要为送行者去唱欢乐颂。他想象当初

（二十六年不复！）在一间英国人遗留的办公室
有人写坏了几支圆珠笔，未必不知道浮出纸面的

其实是他的言辞之倒影，那些倒影里
云生结海楼，而宇宙回廊间鸟道盘旋

纠缠意义交叉的天气。当暝色入高楼有人继续写
思想正高飞，手可摘星辰；如今却乘着超级升降器

疾疾落下来。有人走出了玻璃摩天塔，他返身仰望
塔尖刺穿往昔的太阳。他的眼睛被强光晃到了

这样就不用仰望第二次，不用错视加错视
看见有人在消失，没入地平线就像他自己

孤帆转到了另一颗西沉的太阳背面
那么我依然踏歌，他已听不见

要是有人依然赞叹，路过青弋江说一声
桃红，那么我就对之以李白

树

从树的根部进入并生长。有如灯盏
军舰鸟们成熟的喉囊倾斜着入海
海，海峡，鱼和水草的天青色姓名
我们周遭的冷风是光
是秋光和众星敲打树冠的光
树皮粗粝，我们在它覆盖下生长

而后我们将引导着它。这些树苍老
白，阴影已喑哑，默对着
翅膀狭长的军舰鸟之月。我们引导
树进入海。海，海峡
鱼和水草的天青色姓名
树的周遭有寒冷的光，有秋光和
众星敲打思想的光
树皮粗粝，我们的灯盏在前面照亮

吉狄马加的诗

吉狄马加（1961—　　），彝族，四川凉山人。毕业于西南民族学院。曾任青海省委常委、宣传部长，副省长，中国作家协会党组成员、副主席、书记处书记等。现任中国作家协会诗歌委员会主任、中国少数民族作家学会名誉会长。第十三届全国人大常委会委员。诗集《初恋的歌》获第三届全国优秀新诗（诗集）奖（1985—1986）。曾创办青海湖国际诗歌节、成都国际诗歌周等。

彝人谈火

给我们血液，给我们土地
你比人类古老的历史还要漫长
给我们启示，给我们慰藉
让子孙在冥冥中，看见祖先的模样
你施以温情，你抚爱生命
让我们感受仁慈，理解善良
你保护着我们的自尊

免遭他人的伤害

你是禁忌，你是召唤，你是梦想

给我们无限的欢乐

让我们尽情地歌唱

当我们离开这个人世

你不会流露出丝毫的悲伤

然而无论贫穷，还是富有

你都会为我们的灵魂

穿上永恒的衣裳

看不见的波动

有一种东西，在我

出生之前

它就存在着

如同空气和阳光

有一种东西，在血液之中奔流

但是用一句话

的确很难说清楚

有一种东西，早就潜藏在

意识的最深处

回想起来却又模糊

有一种东西，虽然不属于现实

但我完全相信

鹰是我们的父亲

而祖先走过的路

肯定还是白色

有一种东西，恐怕已经成了永恒

时间稍微一长

就是望着终日相依的群山

自己的双眼也会潮湿

有一种东西，让我默认

万物都有灵魂，人死了

安息在土地和天空之间

有一种东西，似乎永远不会消失

如果作为一个彝人

你还活在世上！

狮子山上的禅寺

——写给僧人建文皇帝

一个昔日的君主

微闭着眼

盘腿坐在黑暗的深处

油灯淡黄的光影

禅寺中虚空的气息

把他的袈裟变得不再真实

他偶有睁眼的时候

那是一个年迈的僧人

正蹒跚着跨过那道

越来越高的门槛

他知道这个人是监察御史叶希贤

一位跟随他流亡多年的大臣

唉，现在他们都老了

只能生活在缥缈的回忆里

难怪就在他踏入暗影的一瞬间

君王的眼里，掠过了一丝笑意

此时他想到了权力以及至尊的地位

在死亡和时间的面前是这般脆弱

已经很长时间了，他什么都不再相信

因为他看见过青春的影子

如何在岁月的河流中消失

岛

岛啊，总有一天我会走完

这漫长人生的旅程

最后抵达你的港湾

岛啊，你在时间和生命之外

那里属于另一个未知的空间
岛啊，你是永恒的召唤
我无法拒绝你
就像无法拒绝我的爱
岛啊，你看见了吗
我正朝着你的方位走来
我那生命的小舟
飘摇在茫茫的大海

又一个春天

一个春天又不经意间到来
像风把消息告知了所有的动物
它在原野的那边
伸出碎叶般发亮的手
掀开了河滩上睡眠的卵石
在昨天的季节的梦痕中
它们抑或是在重复一个伎俩
死亡过的小草和刚诞生的昆虫
或许能演绎生命的过程
但那穹顶的天王星却依然如故
转瞬即逝的生灵即便有纵目
也无法用一生的时光

来察觉它改变过自己的位置
布谷的叫声婉转明亮
声调充满了流动的光影
红色锦鸡往返于潮湿的灌丛
它们是命运无常的幸存者
太阳下被春天召唤的族人
向大地挥手致敬
渴望受孕的沃野再次生机勃勃
这是一个生命的春天
当然也是所有生命的春天
你的到来就是轮回的胜利！
但是，我的春天
当你悄然来临的时候
尤其是轻抚我的眼睑和嘴唇
尽管我还是油生感动
可我的躯体里却填空了石头
那时候，我的沉默只属于我
当我意识到唯有死亡
才能孕育这焕然一新的季节
那一刻，不为自己只为生命
我的双眼含满泪水……

张枣的诗

张枣（1962—2010），湖南长沙人。1978年考入湖南师范大学外语系，1983年考入四川外语学院攻读英美文学专业硕士学位，1996年获特里尔大学文哲博士学位后任教于图宾根大学。曾担任欧盟文学艺术基金会评委。2005年回国，先后任教于河南大学文学院、中央民族大学文学与新闻传播学院。著有诗集《春秋来信》《张枣的诗》，随笔集《张枣随笔选》。

镜中

只要想起一生中后悔的事

梅花便落了下来

比如看她游泳到河的另一岸

比如登上一株松木梯子

危险的事固然美丽

不如看她骑马归来

面颊温暖

羞涩。低下头，回答着皇帝
一面镜子永远等候她
让她坐到镜中常坐的地方
望着窗外，只要想起一生中后悔的事
梅花便落满了南山

何人斯

究竟那是什么人？在外面的声音
只可能在外面。你的心地幽深莫测
青苔的井边有棵铁树，进了门
为何你不来找我，只是溜向
悬满干鱼的木梁下，我们曾经
一同结网，你钟爱过跟水波说话的我
你此刻追踪的是什么？
为何对我如此暴虐

我们有时也背靠着背，韶华流水
我抚平你额上的皱纹，手掌因编织
而温暖；你和我本来是一件东西
享受另一件东西；纸窗、星宿和锅
谁使眼睛昏花
一片雪花转成两片雪花

鲜鱼开了膛，血腥淋漓；你进门
为何不来问寒问暖
冷冰冰地溜动，门外的山丘缄默

这是我钟情的第十个月
我的光阴嫁给了一个影子
我咬一口自己摘来的鲜桃，让你
清洁的牙齿也尝一口，甜润得
让你也全身膨胀如感激
为何只有你说话的声音
不见你遗留的晚餐皮果
空空的外衣留着灰垢
不见你的脸，香烟袅袅上升——
你没有脸对人，对我？

究竟那是什么人？一切变迁
皆从手指开始。伐木丁丁，想起
你的那些姿势，一个风暴便灌满了楼阁
疾风紧张而突兀
不在北边也不在南边
我们的甬道冷得酸心刺骨

你要是正缓缓向前行进
马匹悠懒，六根辔绳积满阴天

你要是正匆匆向前行进
马匹婉转，长鞭飞扬

二月开白花，你逃也逃不脱，你在哪儿休息
哪儿就被我守望着。你若告诉我
你的双臂怎样垂落，我就会告诉你
你将怎样再一次招手；你若告诉我
你看见什么东西正在消逝
我就会告诉你，你是哪一个

深秋的故事

向深秋再走几日
我就会接近她震悚的背影
她开口说江南如一棵树
我眼前的景色便开始结果
开始迢递；呵，她所说的那种季候
仿佛正对着逆流而上的某个人
开花，并穿越信誓的拱桥

落下一片叶
就知道是甲子年
我身边的老人们

菊花般的升腾、坠地
情人们的地方蚕食其他的地方
她便说江南如她的发型
没有雨天，纸片都成了乳燕

而我渐渐登上了晴朗的梯子
诗行中有栏杆，我眼前的地图
开始飘零，收敛
我用手指清理着落花
一遍又一遍地叨念自己的名字，仿佛

那有着许多小石桥的江南
我哪天会经过，正如同
经过她寂静的耳畔
她的袖口藏着皎美的气候
而整个那地方
也会在她的脸上张望
也许我们不会惊动那些老人们
他们菊花般升腾坠地
清晰并且芬芳

望远镜

我们的望远镜像五月的一支歌谣
鲜花般的讴歌你走来时的静寂
它看见世界把自己缩小又缩小，并将
距离化成一片晚风，夜莺的一点泪滴

它看见生命多么浩大，呵，不，它是闻到了
这一切：迷途的玫瑰正找回来
像你一样奔赴幽会；岁月正脱离
一部痛苦的书，并把自己交给浏亮的雨后的

长笛；呵，快一点，再快一点，跃阡度陌
不在被别的什么耽延；让它更紧张地
闻着，呓语着你浴后的耳环发鬓
请让水抵达天堂，飞鸣的箭不在自己

哦，无穷的山水，你腕上羞怯的脉搏
神的望远镜像五月的一支歌谣
看见我们更清晰，更集中，永远是孩子
神的望远镜还听见我们海誓山盟

梁山伯与祝英台

"青青子衿，悠悠我心，"他们每天
读书猜谜，形影不离亲同手足，
他没料到她的里面美如花烛，
也没想过抚摸那太细腻的脸。

那对蝴蝶早存在了，并看他们
衣裳清洁，过一座小桥去郊游。
她若在后面逗他，挥了挥衣袖，
她感到他像图画，镶在来世中。

她想告诉他一个寂寞的比喻，
却感到自己被某种轻盈替换，
陌生的呢喃应和着千思万绪。

这是蝴蝶腾空了自己的存在，
以便容纳他俩最芬芳的夜晚：
他们深入彼此，震悚花的血脉。

牛庆国的诗

牛庆国（1962—   ），甘肃会宁人。曾任甘肃日报社主任编辑。现任甘肃省作家协会副主席、甘肃省人民政府文史馆研究员。著有诗集《我把你的名字写在诗里》《北斗星下》《持灯者》《祖河传》等。曾获甘肃省敦煌文艺奖、中国人口文化奖、《诗刊》社第四届华文青年诗人奖等。被评为甘肃省德艺双馨中青年文艺工作者、《诗刊》社"新世纪十佳青年诗人"。

秋歌

那些不曾走开的山是秋天的岸
秋天的赞美包括人类

有些人生只有在秋天才叫怒放
有些人和事直到秋天才被我想起

感恩的季节我只有庄稼和诗歌

但黄河告诉我我已经很富有

河边记忆

高原上温差大
你们是知道的
河边的冷
正一点点加剧
可你们为什么还不回家呢
坐在一块礁石上
背靠着背
扬着头
从夕阳下流向月光的大河
以为你们是雕塑

岸边对话

一个人坐在一块石头上
另一个人坐在另一块石头上
中间的位置留给波浪

一个人看着河面

说爱一个人多么不容易

另一个人也看着河面
说恨一个人也不容易

之后两个人都不再说话
涛声拍了拍这个又拍了拍另一个

母亲河

一条河流遍我身体里的每一片土地
给我足够的水分

河记着母亲的嘱托
要好好爱护她的孩子

热血沸腾心潮起伏
都说的是这条河

每一个想法都经过河的淘洗
每一件事都经过河的允许

流水与石头

流水碰到石头上
像一个人被碰疼了脚趾
哗地跳一下绕过去走了
前边的流走了后边的接着流
我感到石头有时像一个人在风中
攥在背后的拳头

西川的诗

西川（1963—　　　），原名刘军，江苏徐州人。1985年毕业于北京大学英文系。与海子、骆一禾并称"北大三诗人"。曾任教于中央美术学院人文学院，任副院长、图书馆馆长。现任北京师范大学文学院特聘教授。获庄重文文学奖（2003）、联合国教科文组织阿齐伯格奖修金（1997）、德国魏玛全球论文竞赛十佳（1999）等。诗集《西川的诗》获第二届鲁迅文学奖。

在哈尔盖仰望星空

有一种神秘你无法驾驭
你只能充当旁观者的角色
听凭那神秘的力量
从遥远的地方发出信号
射出光来，穿透你的心
像今夜，在哈尔盖
在这个远离城市的荒凉的

地方，在这青藏高原上的
一个蚕豆般大小的火车站旁
我抬起头来眺望星空
这时河汉无声，鸟翼稀薄
青草向群星疯狂地生长
马群忘记了飞翔

风吹着空旷的夜也吹着我
风吹着未来也吹着过去
我成为某个人，某间
点着油灯的陋室
而这陋室冰凉的屋顶
被群星的亿万只脚踩成祭坛
我像一个领取圣餐的孩子
放大了胆子，但屏住呼吸

树木

树木站在那里，为什么
我要把它们移到屋里
折下那些翠绿的枝条
投进火中看它们焚烧？
它们有自己的想法
沿着树脉向地下渗透

但愿我有一管长笛
插到那些黑色诱人的
树干上，在无数个平凡
的日子里吮那树心里
常年刮不尽的稗草之风
我爱那些绿色的树木
爱它们纹丝不动的样子
在朗朗五月的天空下

造访

你的造访是一次月偏食
你带来的是不幸的问候
人们传说你在黄海上失踪
当一次鲨鱼袭击桅杆上
的月亮。现在你坦然走来
手里攥着粗挺的钓竿
好朋友，我有好多年不曾
梦见你，我为你准备的
茶、烟早已被别人用光
而你豪迈地爽朗地笑着
发出鲨鱼咬嚼船帮的声音
海水漂白了你的牙齿

一个问候你为我保存多年
在海底不曾被别人拿去

旷野一日

完整的旷野上只有冬天
我们畏惧的豺狼踪迹杳然
大风呼啸而过，如同绕过两块人形石头
拥向一次没有主人的盛宴

跟随我，否则你会感到孤单
与我一同高喊，
让寒冷逼入我们体内最黑暗的部位
为黑暗带去应有的尊严

在这飞鸟遗落的一天，跟随我走向大地的讲坛
在浓缩的太阳底下，消除我们冗长而嘈杂的怀恋
你必须懂得服从后来者的安排
大地的沉默中包含着非理性的沉淀

看那些灌木，与旷野保持着默契
而一个人却需要为此付出
超出一个人所能拥有的全部热情

才能安身在这旷野：单调又无限

我脚踩单调和无限——
万物衰老，我加入其中，我也许在其中最黯淡
草籽中的黎明你无法叩问；一个人意味着一个困难
而你将对此慢慢习惯

你将看到我让出我自己
是为了在旷野上与冬天相遇
是为了弥补头脑的损失
是为了在大地空阔的讲坛上沉默无言

夜鸟

残夜将尽的时候
是些什么颜色的鸟
掠过城市的上空

它们的叫声响成一片
它们离梦想近一些
它们属于幸福的族类

是些什么颜色的鸟

带着它们的秘密
和遗忘飞离

夏天树叶的声响
秋天溪水的声响
比不上夜鸟的叫声

我却看不到它们的
身体，也许它们
只是一些幸福的声音

李元胜的诗

李元胜（1963—　　），四川叙永人。1983 年毕业于重庆大学电机专业。曾任新女报时尚传媒集团董事长兼总编辑。现为重庆作家协会副主席、重庆文学院专业作家。著有诗集《我想和你虚度时光》《无限事》《沙哑》，长篇小说《城市玩笑》，博物旅行笔记《旷野的诗意》《昆虫之美》。曾获人民文学奖、《诗刊》年度诗人奖等。诗集《无限事》获第六届鲁迅文学奖。

我想和你虚度时光

我想和你虚度时光，比如低头看鱼

比如把茶杯留在桌子上，离开

浪费它们好看的阴影

我还想连落日一起浪费，比如散步

一直消磨到星光满天

我还要浪费风起的时候

坐在走廊发呆，直到你眼中乌云

全部被吹到窗外

我已经虚度了世界，它经过我
疲倦，又像从未被爱过
但是明天我还要这样，虚度
满目的花草，生活应该像它们一样美好
一样无意义，像被虚度的电影
那些绝望的爱和赴死
为我们带来短暂的沉默

我想和你互相浪费
一起虚度短的沉默，长的无意义
一起消磨精致而苍老的宇宙
比如靠在栏杆上，低头看水的镜子
直到所有被虚度的事物
在我们身后，长出薄薄的翅膀

礼物

第一次看见大海的时候
我哭了，他说
孩童时绘制的大海
被它复刻在灿烂夕阳中

这是我一生中的奇异时刻

大海不会退回任何礼物
不管是来自远方危险而美丽的狂想
还是沙滩尽头的叹息
它收下了一切
并用漫长的沉默赞美了它们

黄草坪

围绕着一只熟睡的蝴蝶
空气的密度增加了

太多的飞行，必定
在身边创造出太多的悬崖

洒落的月光
探测着一个生命正经历的落差

关掉手电的我，迅速
成为它身边的悬崖之一

随手放下的道路

重叠进交错的草叶

有那么一会儿，我融入了
某种奇特的寂静

仿佛身体，也只是身外之物
仿佛万物破壁，成了某个整体

有那么一会儿，高悬之月
短暂地成为我们共同的心脏

朝阳下

双同村口，一只蔼菲蛱蝶
盘旋于石阶之上

多么矛盾
才羽化几天的它
身披比唐诗宋词更古老的锦绣

在匡山四贤坐过的地方
坐下
晒着同样的太阳

人类的活动
似乎没有给它带来任何拘束

十万年星尘积累出的生命体
有什么能让它真正拘束

在它旁边坐下
放下手中的相机
仿佛获得一次校正自己的机会

阳光穿过我们的身体
穿过时光中的两朵涟漪

我们对自己的一无所知
让光线产生了轻微的折射

白鹇

从对面的树林里
一个白色三角形正徐徐抽出
向着天空

扇动的翅膀拉长了锐角

这是你对世界的看法吗？
白鹇

如果从生到死，连成不可改变的直线
第三个点意味着什么

也曾同样挣扎着，拉着这个点
想远一点，再远一点

从我年华的漆黑树林里
或许，也有发亮的三角形
被拉长的锐角

回忆的尽头，几何学的尽头
有什么正在醒来
在此刻，在车八岭的正午

还是算了吧，还有什么三角形
能比眼前的更美
更像虚无呢

海男的诗

海男（1962—　　　），原名苏丽华，云南石屏人。1991 年毕业于鲁迅文学院研究生班。1978 年参加工作，曾任永胜县文化馆干事、《大家》杂志社副主编等。现为云南师范大学特聘教授。著有诗集《虚构的玫瑰》《是什么在背后》等。曾获刘丽安诗歌奖、第三届中国女性文学奖、扬子江诗歌奖、中国诗歌网十大诗集奖等。诗集《忧伤的黑麋鹿》获第六届鲁迅文学奖。

不能失去生活

我已被淬火压缩为母语，那些碎片或花粉
纷扬起来。类似挂在钉子上的草帽
雪白地在飘动，直飘到一个牧羊人的头顶
这是空气和呼吸者的证明：我活过来了

脚踝正颤动，犹如颈在伸长
绵延在空气中的牛羊粪味道

使我呼吸急促。我一步一步地挪动
这是最永恒的方式，我不急于追逐猎物

这是容器中的落日，它落在最底端
雪白的草帽依然在纷扬中缓缓飘动
这是新鲜的草甸子、野蘑菇的家乡
不能失去生活，这是我沉溺于母语的时刻

失眠

逐一地剥开夜色弥漫时分的外壳和内陆
在剥开的外壳里，散开的松子味儿
像是长出了翅膀地在弥漫，这是香味或狐的味道
这是鱼儿求生时潜入池塘的味道

在触摸到的内陆之间，被挟裹在其中的
必定是呼啸着的子弹，它嘘一声出世
它完成了呼啸之后失去踪影。在一双手的内陆中
我的脸，比任何一个暗夜都显得暗淡

越来越多的挣扎声渐次地灭寂以后
枕头在飘忽不定的地方下沉，身体也在下沉
在剥开的外壳和内陆之间，火车轰鸣起来

犹如震撼者的耳朵煽动起来扑灭了夜色的弥漫

梦见了我的先知

在水之上，遥远是一种漪澜，通过它的牵引
我找到了柴火，找到了坐在灯盏下的你
天空亮得炫白，我们站在庙宇之外
经卷中有轻盈的水，它会延续一个人的吟诵

风雨欲来时我推开窗户，这些木格窗
有棱角也有转弯。啊，呼吸
每到这样的光景，我就会呼吸到你的味道
这味道像树荫间那些伸展的枝条

你浑身上下都散发出我沉迷一生的奥妙
这不是一个春天就可以聚首的蝉鸣
也不是一个深秋就能诠释清楚的幸福
你的力量，犹如万物从咏怀到咏唱的震撼

你曾震撼过我的一次梦境：雪白的苍茫间
水通过漪澜使垂向我的晨曦透明如你的吟诵

寂寥是多么美好啊

寂寥是多么美好啊，每一植茎
都会渡过荒漠的尽头，这一刻，我们之触角
已经在梦乡休眠过了。这一刻，水
已经接近了嘴唇，物质生活已经不再混乱

寂寥是多么美好啊，每一片断
都已经被你收藏。这一刻，我们之回忆
像茉莉之香。这一刻，血液
环绕、停顿再畅游，世界已不再害怕沉疴

寂寥是多么美好啊，每一夜
都在平静的起伏。这一刻，我们之音笛
轻柔如恋人。这一刻，身体
终于舍弃了纠缠，一个人的睡眠可迎来窗前明亮

寂寥是多么美好啊，每一时辰
都在我身边。像羊群簇拥着羊群再簇拥着千里牧场

蛊惑记

我弯腰，只不过想将蛇一样的蜿蜒看见
那些蹉跎的路，那些恍惚的蝻蝉跳得有多快
而当我仰头，只不过想复述云留下的旋律
在举步间，羚羊们就已经爱上了山端的牧场

请允许我用这样的宿命弯腰或者仰望
请允许我在这两种姿态中爱上蹉跎爱上羚羊们的速度
请允许我用生死占卜前世或今生的玄妙
请允许我爱上魅惑的前世和寂寞的今生

弯腰的日子，必是水囚漫出去的景致
那些水会找到来路，找到空心人的帐篷
仰望的日子，任何东西都已经放下
无论是雪花纷落还是春色满园还是被秋风吹开了大门

我叙事中蛇一样蜿蜒的，是奔涌奇崛的你：我爱上了你
我仰头聚首的你，是一场我生命中的蛊惑：请爱上我吧

海子的诗

海子（1964—1989），原名查海生，安徽怀宁人。1979年考入北京大学法律系。与骆一禾、西川并称"北大三诗人"。1983年分配至中国政法大学哲学教研室工作。与西川合印诗集《麦地之瓮》。1986年获北京大学第一届艺术节五四文学大奖赛特别奖，1988年获第三届十月文学奖荣誉奖，2001年与诗人郭路生（食指）共同获得第三届人民文学奖诗歌奖。

亚洲铜

亚洲铜，亚洲铜
祖父死在这里，父亲死在这里，我也将死在这里
你是唯一的一块埋人的地方

亚洲铜，亚洲铜
爱怀疑和飞翔的是鸟，淹没一切的是海水
你的主人却是青草，住在自己细小的腰上，守住野花的手

掌和秘密

亚洲铜,亚洲铜
看见了吗?那两只白鸽子,它是屈原遗落在沙滩上的白鞋子
让我们——我们和河流一起,穿上它吧

亚洲铜,亚洲铜
击鼓之后,我们把在黑暗中跳舞的心脏叫作月亮
这月亮主要由你构成

祖国(或以梦为马)

我要做远方的忠诚的儿子
和物质的短暂情人
和所有以梦为马的诗人一样
我不得不和烈士和小丑走在同一道路上

万人都要将火熄灭我一人独将此火高高举起
此火为大开花落英于神圣的祖国
和所有以梦为马的诗人一样
我借此火得度一生的茫茫黑夜

此火为大祖国的语言和乱石投筑的梁山城寨

以梦为上的敦煌——那七月也会寒冷的骨骼
如雪白的柴和坚硬的条条白雪横放在众神之山
和所有以梦为马的诗人一样
我投入此火这三者是囚禁我的灯盏吐出光辉

万人都要从我刀口走过去建筑祖国的语言
我甘愿一切从头开始
和所有以梦为马的诗人一样
我也愿将牢底坐穿

众神创造物中只有我最易朽带着不可抗拒的死亡的速度
只有粮食是我珍爱我将她紧紧抱住抱住她在故乡生儿育女
和所有以梦为马的诗人一样
我也愿将自己埋葬在四周高高的山上守望平静的家园

面对大河我无限惭愧
我年华虚度空有一身疲倦
和所有以梦为马的诗人一样
岁月易逝一滴不剩水滴中有一匹马儿一命归天

千年后如若我再生于祖国的河岸
千年后我再次拥有中国的稻田和周天子的雪山天马踢踏
和所有以梦为马的诗人一样
我选择永恒的事业

我的事业就是要成为太阳的一生

他从古至今——"日"——他无比辉煌无比光明

和所有以梦为马的诗人一样

最后我被黄昏的众神抬入不朽的太阳

太阳是我的名字

太阳是我的一生

太阳的山顶埋葬诗歌的尸体——千年王国和我

骑着五千年凤凰和名字叫"马"的龙——我必将失败

但诗歌本身以太阳必将胜利

跳伞塔

我在一个北方的寂寞的上午

一个北方的上午

思念着一个人

我是一些诗歌草稿

你是一首诗

我想抱着满山火红的杜鹃花

走入静静的跳伞塔

我清楚地意识到
前面就是一条大河
和一个广大的北方平原

日记

姐姐，今夜我在德令哈，夜色笼罩
姐姐，今夜我只有戈壁

草原尽头我两手空空
悲痛时握不住一颗泪滴
姐姐，今夜我在德令哈
这是雨水中一座荒凉的城

除了那些路过的和居住的
德令哈……今夜
这是唯一的，最后的，抒情。
这是唯一的，最后的，草原。

我把石头还给石头
让胜利的胜利
今夜青稞只属于她自己
一切都在生长

今夜我只有美丽的戈壁空空
姐姐，今夜我不关心人类，我只想你

面朝大海，春暖花开

从明天起，做一个幸福的人
喂马，劈柴，周游世界
从明天起，关心粮食和蔬菜
我有一所房子，面朝大海，春暖花开

从明天起，和每一个亲人通信
告诉他们我的幸福
那幸福的闪电告诉我的
我将告诉每一个人

给每一条河每一座山取一个温暖的名字
陌生人，我也为你祝福
愿你有一个灿烂的前程
愿你有情人终成眷属
愿你在尘世获得幸福
我只愿面朝大海，春暖花开

臧棣的诗

臧棣（1964—　　），北京人。1983年考入北京大学中文系。1997年获北京大学文学博士学位。现任北京大学中文系副教授、北京市作家协会副主席。著有诗集《非常动物》《世界太古老，眼泪太年轻》《精灵学简史》等。曾获《南方文坛》杂志2005年度批评家奖、华语文学传媒大奖·2008年度诗人奖、屈原诗歌奖等。诗集《诗歌植物学》获第八届鲁迅文学奖。

咏物诗

窗台上摆放着三颗松塔。
每颗松塔的大小
几乎完全相同，
不过，颜色却有深有浅。

每颗松塔都比我握紧的拳头
要大上不止一轮。

但我并不感到难堪，我已看出
我的拳头也是一座宝塔。

颜色深的松塔是
今年才从树上掉下的，
颜色浅的，我不便作出判断，
但我知道，它还没有浅过时间之灰。

我也知道松鼠
是如何从那浅色中获得启发
而制作它们的小皮衣的。
浅，曾经是秘诀，现在仍然是。

每颗松塔都有自己的来历，
不过，其中也有一小部分
属于来历不明。诗，也是如此。
并且，诗，不会窒息于这样的悖论。

而我正写着的诗，暗恋上
松塔那层次分明的结构——
它要求带它去看我捡拾松塔的地方，
它要求回到红松的树巅。

未名湖

星期一早上。它像被风吹落的封条。
辩护词长出尾巴，在桶里弄出
几番响动。你提着桶，走在岸上，
幻想着这些鱼就是金色的礼物。
星期二。美丽的黄昏如同一个圆环。
它把反光丢给现实。它移动着
刚洗过的碟子。你真的要吃
带翅膀的晚餐吗？星期三下午，
变形记给命运下套。它担心你
太政治，于是，便用各种倒影迷惑
前途和结局。星期四。早饭是玉米粥。
记忆从未向任何人散发出
如此强烈的暗香。你从往事里取出
一对弹簧，练习就地蹦极。
一百米的情感。带鳍的冲刺。
每个吻，都消耗过一万年。
星期五。清晨再次变得友好。
慢跑很微妙。几圈下来，甚至连阴影
也跟着出大汗。只要搂一下，
你就是头熊，浑身油亮，可爱如

有人就是没吃过鱼头芋头。星期六傍晚，
还剩下很多调味品。冷水浴。
秘密疗法不针对他者。叠好的信仰
就像一块毛巾。蜂蜜替代盐水，
就好像一阵叮嘱来自微风。星期天上午。
积极如永恒的波纹。剃掉杂毛，修剪一下
希望之花。精力好的话，再称一称生活。
几两问题。或是直接回到底线：
取多少自我，可加热成一杯无穷的探索？

小精灵丛书

全都试过了。每一关都难不倒它。
它低于不可知的宇宙中
有一个现实的矛盾。它填补了性别的空白。
只要和它沾边，用别的方式就难以把握。

但是，它的面目会因你而清晰。
这一点非常重要。这一点
甚至比原型打了领带还要突出。
从哪个角度看，它都像是刚击败过一个替身。

伸手一摸。呵，柔软的袖子里

竟会有一个完美的世界。
但是，世界只是它的借口。它更希望的是，
你会将它作为一个灵活的对象。

它的可爱因你的友谊而活跃。
它不在乎留给它的机遇还剩下多少。
它把你和另一个开端粘连在一起。
它发明的不是你，而是你我。

草堂，上元二年

曾经踩在脚下的湿泥
正被穿梭的紫燕稳稳地衔在
可爱的尖嘴里。我们忙于观看，
而它们积极于取材，从世界的本质中；

生命的欢乐并未因卑微而减弱，
尽管老眼有点昏花，但正确的旁观
几乎随时都能把握到：可见的爱巢
不停地放大着浩荡的春光。

相比之下，人生的空虚
仿佛亦可绝对于人是人的素材。

只有彻底融入一个酝酿，傲骨才能
像虎骨，泡出美酒的底色。

白鹭飞过时，时间甚至白得
有点晃眼；在燃烧的鲜花中独步，
白头人的花心已不再矛盾于
宇宙的缝隙是否仍可用于化蝶。

保俶塔简史
——赠王自亮

钟情于理想的距离，
以及美的尺度，需要从潮湿的情感中
挤出微雨的亢奋，涂抹在
历史的侧面，以便尽可能地
保鲜一片纯粹的视野；我要求自己
必须比人的最可信赖的影子
还要虔诚一万倍。每一次见到，
不论从哪个角度，接近它的耸立，
领略它的奇迹，至少
要和它保持一百米的距离。
请设想一下，人和自然的
最美好的距离，也不过如此。

我会克制自己，尽量不参与琢磨
季节的掩映中，它像不像石头美人；
大多数时候，化身其实是我们的耻辱，
只有少数会例外。我更愿意
它的影子是细雨中的鞭梢；
挥舞之后，一种直立
从时间的错误中将我们突出在
五月的风景中。我更愿意
站在自己的影子里，以便它的
影子的延伸，不再仅限于对峙的孤独。

娜夜的诗

娜夜（1964—　　），满族，辽宁兴城人。毕业于南京大学中文系。现任《草堂》诗刊副主编、中国作家协会诗歌创作委员会委员、中国诗歌学会副会长、中宣部全国宣传文化系统"文化名家"暨"四个一批"人才。著有诗集《火焰与皱纹》《我选择的词语》《吹影》等多部。曾获人民文学奖、屈原诗歌奖、十月文学奖等。诗集《娜夜诗选》获第三届鲁迅文学奖。

生活

我珍爱过你

像小时候珍爱一颗黑糖球

舔一口

马上用糖纸包上

再舔一口

舔得越来越慢

包得越来越快

现在只剩下我和糖纸了
我必须忍住：忧伤

母亲的阅读

列车上
母亲在阅读
一本从前的书
书中的信仰
是可疑可笑的
但它是母亲的
是应该尊重
并保持沉默的

我不能纠正和嘲讽母亲的信仰
一代人有一代人的不同
也不为此
低头羞愧

人生转眼百年
想起她在沈阳女子师范时
扮演唐琬的美丽剧照
心里一热

摘下她的老花镜：
郑州到了我们下去换换空气吧

一首诗

它在那儿
它一直在那儿
在诗人没写出它之前在人类黎明的
又一个早晨……

而此刻它选择了我的笔

它选择了忧郁为少数人写作
以少
和慢
抵达的我

一首诗能干什么
让一只白鹭停下来　　或者
成为谎言本身？

它放弃了谁
和谁伟大的

或者即将伟大的而署上了我——孤零零的
名字

风中的胡杨树

让我想起那些高贵有着精神力量和光芒的人
向自己痛苦的影子鞠躬的人

——我爱过的人他们
是多么的相似……
因而是：
一个人

不会再有例外

六一

它还小
叫声带着绒毛
啄我花盆里的紫苏叶
我翻书时它颤动不飞走

——你刚认识天空
生活已被我简化为书和阳台上的花草
今天亦是明日

我们
有过目光相对的一瞬风吹来草木之香
——我的目光
也带着些绒毛：六一快乐

阿信的诗

阿信（1964—　　），原名牟吉信，甘肃临洮人。毕业于西北师范大学历史系。现任甘肃民族师范学院党委委员、副院长。参加《诗刊》社第十四届青春诗会。著有诗集《阿信的诗》《草地诗篇》《那些年，在桑多河边》《惊喜记》《裸原》等。曾获《诗刊》2018年度陈子昂诗歌奖、第二届屈原诗歌奖、首届中国（绍兴）陆游诗歌奖、第四届徐志摩诗歌奖等。

陇南登山记

与变动不居的人世相较，眼前的翠峰青嶂
应该算是恒常了吧？

这么多年了，一直守在那里，没有移动。
山间林木，既未见其减损，亦未见其增加。
涧水泠泠，溪流茫茫。
山道上，时见野花，偶遇山羊，面目依稀。

这一次，我在中途就放弃了。
我努力了。但认识自己的局限同样需要勇气。
我在青苔半覆的石头上坐下，向脚面撩水，
一种冷冽，来自峰顶的积雪。

梦境

那雪下得正紧，山脊在视域里
缓慢消失。五只岩石一样的兀鹫在那里蹲伏，
黑褐色的兀鹫，五个黑喇嘛。
我从梦里惊醒，流星满天飞逝，像经历了
一遍轮回：一件黄铜带扣，拭去浑身锈迹。
那雪下得正紧，转瞬弥合天地——
梵音般的建筑，雕塑一样升起。

雪

静听世界的雪，它来自我们
无法测度的苍穹。天色转暗，一行诗
写到一半；牧羊人和他的羊群
正从山坡走下，穿过棘丛、湿地，暴露在

一片乱石滩上。雪是宇宙的修辞，我们
在其间寻找路径回家，山野蒙受恩宠。
在开阔的河滩上，石头和羊
都在缓缓移动，或者说只有上帝视角
才能看清楚这一切。
牧羊人，一个黑色、突兀的词，
镶嵌在苍茫风雪之中。

舟曲之忆

枇杷树，在水边我想把你的头发染绿
眼皮涂上月光萤粉，用柏树枝叶拨开雾气
准备好了！静候古老的精灵出场

柿子树，我喜欢！但不摘取
那一串串被冰风吹得又甜又透明的
小灯笼。就像知悉秘密却并不道破
白天的市集上我遇见；夜间
希望梦见你，抱着一罐酿好的蜜

花椒树，喜悦的花椒树，凌乱的衣裙
委弃在泥水中。你站在时间的坡道旁哭
你有理由哭。让我帮你清洗：

你的眼睛里全是悲哀的沙子

日记

此刻，至少有一百个诗人
在对付这场雪，凝视窗外：停机坪、
小区车库、滨海大道、田野和牧场……

在飞雪的意境中我感到自由。
写作是愉快的；穿上厚靴，裹上围巾，来到户外
在湿滑的河堤上散步同样愉快！

那个正在给雪人粘胡萝卜鼻子的小女孩的快乐
可以分享。
那个冒雪骑行的快递小哥后货架上的箱包中
有一打惊喜和祝福。

一个人可以放弃写作。
就像那位阁楼上的哲学家，放弃思考
专注于一匣来自古巴的烟草。

黄灿然的诗

黄灿然（1963—　　），福建泉州人。1978年移居香港。1988年毕业于暨南大学。1990年任香港《大公报》国际新闻翻译。2014年迁居深圳。有诗集《十年诗选》《游泳池畔的冥想》《我的灵魂》《奇迹集》《黄灿然的诗》等，评论集《必要的角度》《在两大传统的阴影下》，专栏结集《格拉斯的烟斗》，译著《卡瓦菲斯诗集》《聂鲁达诗选》等。

我的灵魂

多年前，我曾在诗中说
我的灵魂太纯净，站在高处，
使我失去栖身之所，
几乎走上绝路。

多年后，当我偶尔碰上
那旧作，我惊讶于那语气，
它使我感到有些羞惭，

它竟如此地自以为是。

如今回想，我仍惊讶于
那语气，但更惊讶的是，
我看见我那灵魂，依然站在高处，

依然纯净，即便做了丈夫
和父亲已有十六年，这灵魂
还跟原初一样，丝毫无损。

致大海

别的时候，
无论我闲坐沙滩
或下水游泳，眺望天际
或回看群山，你都只是一个去处，
一个遥远的地方，遥远的领域，
地球遥远的部分，只有当我难以入眠，
回忆一张可爱的脸，或一位早逝的
朋友的身影，或想起家庭的危机，
父母的寂寞，坚持理想的困难
和由此而来的孤独感，大海，你的形象
才完整地展现在我脑中，一个世界，

如此缓慢，如此沉默，如此靠近，
就在我枕边，我一翻身就能进去，
一侧耳就能倾听，一种神秘，
深不可测而表面平静，但运动着，
作用着，呼吸着，延伸着，
我甚至一闭眼就看见自己在山上，
就像此刻我在这山上，解除了
重负和烦恼，忘记了忧虑，
灵魂与视点合一，眺望水平线上
一条孤独作业的渔船，一片波光，
和波光里先是浸染于你
继而冉冉脱离你的
一轮红日。

既然是这样，那就是这样

现在，当我看见路边围墙上的爬藤
那么绿，那么繁，那么沉地下垂，
我就充满喜悦，赞叹这生命的美丽，
而不再去想它的孤独，它可能的忧伤。

既然它是这样，那它就是这样。

当我看见一个店员倚在店门边发呆，
一个看门人在深夜里静悄悄看守着自己，
一个厨师在通往小巷的后门抽烟，
一个老伯拄着拐杖推开茶餐厅的玻璃门，
我就充满感激，赞叹这生命的动人，
而不再去想他们的痛苦，他们可能的不幸。

既然他们是这样，那他们就是这样。

天真之神

我只眷顾小孩，永远在他们中间，
偶尔为了消遣，才顺便看看成年人，
尤其是老人，他们失去了天真，
但也已耗尽了世故，
像烧过的木柴变成了炭。
别的成年人，我就等他们
失去青春，耗尽体力，变为老人。
但总能看到他们中少数阳光的人，
像他，保持跟我和小孩一样的天真，
但既不像我这样看不见，也不像
小孩那样没人理会，而是穿着
也显得世故的衣服，裹着也像木柴的外壳，

甚至也已呈现炭的面貌。
但当他混在人群中，那番景象
我也叹为观止：人群从他身边
鱼贯而过，但人群身上残存的灵气
纷纷脱离人群，望着他的背影，
像滚滚尘土望着一匹骏马远去。

朝露

人生不是梦，正相反，
它是我们宇宙般无边的长梦中的
一次醒，然后我们又回到梦里。
这就是为什么，我们合着眼睛
来到这世界上，为了适应光明；
又渐渐失去视力，为了再适应黑暗。
你现在醒着的形式，只是一种偶然，
下一次你醒来可能是小草，
或草叶上的露珠。

张执浩的诗

张执浩（1965—   ），湖北荆门人。1988年毕业于华中师范大学历史系，曾在武汉音乐学院任教。现任武汉市文联专业作家、武汉文学院院长、湖北省作家协会副主席。参加《诗刊》社第十二届青春诗会。著有诗集《苦于赞美》等。曾获人民文学奖、《诗刊》2016年度陈子昂诗歌奖、华语文学传媒大奖·2013年度诗人奖。诗集《高原上的野花》获第七届鲁迅文学奖。

糖纸

我见过糖纸后面的小女孩
有一双甜蜜的大眼睛
我注意到这两颗糖：真诚和纯洁

我为那些坐在阳光里吃糖的
孩子而欣慰，她们的甜蜜
是全人类的甜蜜

是对一切劳动的总结
肯定，和赞美

镶嵌在生命中，像
星星深陷于我们崇拜的浩空

像岁月流尽我们的汗水，只留下
生活的原汁原味

我注意到糖纸后面的小女孩
在梦中长大成人
在甜蜜波及的梦中
认识喜悦
认清甘蔗林里的亲人
认定糖纸上蜜蜂憩落的花蕊，就是
我们的故居

我在糖纸上写下你的名字：小女孩
并幻想一首终极的诗歌
替我生养全人类最美丽的女婴

采石场之夜

从敲打到敲打，搬运是后来的事
还有简单的马车、沿途掉落的
声音和房舍
我看见：石头！从山腰上滚下来的
石头，相互倾轧，像盲目的仇恨
止息于我的半截脚趾

群山漆黑，而采石场更白，仿佛
月亮的遗址
此刻，有人正在这里生活
在石缝间呼吸，在石头后面磨砺牙齿
一只幸存的蜥蜴正在翻越一块花岗岩
不远处，白马打着响鼻

唉　这样的夜晚，对于我
是多么沉重
掘地三尺，我也不能让好梦成真
而移动一块碎石，便会有一连串响声
传过去，似乎惊动了黎明
我知道，我不免沦为齑粉

但是，有人已经醒来，顺手牵起
钢钎和铁锤。他熟练地爬
到了山腰
我抬头看见月亮，和月亮里的
这个黑影：他在敲打
用力啊用力，进入了大山的骨髓

高原上的野花

我愿意为任何人生养如此众多的小美女
我愿意将我的祖国搬迁到
这里，在这里，我愿意
做一个永不愤世嫉俗的人
像那条来历不明的小溪
我愿意终日涕泪横流，以此表达
我真的愿意
做一个披头散发的老父亲

最后一封情书

写一封情书给无情人

祝他也有善终
祝他终于赢得了孤独、衰老和悔恨
这些原本就属于他的
战利品，经由漫长的时光之旅
在深夜送达
他将穿上绒毛睡袍，趿拉着拖鞋
来到楼下，静静的雪地
跺着脚的邮递员
月亮证明他的确从他手里
接过笔，在这张纸的右下角签下了
一个胜利者的名字
用他那逆来顺受的笔迹

侥幸与无辜

诗歌不是写出来的。我有耐心
从上次见你到无限推迟的
下一次，诗歌不是一个老男人熟练的手艺
他得有少年般的胆怯与口吃
他出门的时候会想到每一条路都通向你
但他必须忽视这个事实
他出门的时候你也出门了，但
错过是必须的

一场大火错过了一场大雨

很无情是吗？诗歌也会幸灾乐祸

过后却要与灰烬一道承受漆黑和泥泞

在漆黑里抱怨的不是诗歌

在泥泞中放弃挣扎的也不是

诗歌，你写不出来，当你仍旧是

一个老男人，一个自甘其老的人

门在你身后关闭了

也将在你身前关闭

诗歌让我这么悲愤，我的上帝

我得承认这个夏天真难过

这个夏天我没有见过

龚学敏的诗

龚学敏（1965—　　），四川九寨沟人。1984年毕业于四川省阿坝高等师范专科学校数学系。历任中学教员、警察、公务员、阿坝日报社总编辑、阿坝州作家协会主席等。现任中国诗歌学会副会长、四川省作家协会副主席、《星星》诗刊主编。著有诗集《幻影》《雪山之上的雪》《九寨蓝》《紫禁城》《纸葵》《四川在上》等。长诗《长征》获第五届四川文学奖。

谒南京牛首山佛顶宫

天空从钢铁裂裟的衣袖中挥出

3D打印出树干
拴着的船，比江心的水还逼真

禁渔期闲置的铁船
像生锈的经文

启用时，加油，列队，向黎明致
经济姿势的礼

站在袈裟状钢架的阴影里，风水
切为硕大的薄片
成为天空放在脚下的镜子
白头鹎飞了三天，没有照见一颗
人心

下山的车已集体中暑
我的心，微微一凉
像是偷走了一小块天空

鹞子尖茶马古道甘露亭喝茶兼致黄斌

古道越来越瘦，直到成为保护名录中的
黑体字

树叶每落一片，古风身上便多挨一刀
羸弱的古风坐在我对面
用茶水疗伤，夕阳的药丸，被我们
一粒粒地泡化
茶色浓酽，我们自己用字写成的江湖

却越来越寡淡

一队队翻过鹞子尖的茶，在亭子里喘气
在夜色中，把自己走黑
给四海打安宁针。被我挽留的那盏
是茶中的义士
与古风一道，成四海之内仅存的兄弟
红红地，给我下山的路，照一切的明

罗江庞统祠

在落凤坡。一支箭钉在白马没有跃过的，
空隙。蜀字在枯了的柏树上喘气，用手工，
想象一些天气的源头。
罗江大义，伸手接住了线装的三国中，
那页散落的雏凤。

献计的石头，用霸业的苔藓与我耳语：
乌鸦是旷野唯一真实的名字。

我把诡秘的石头筑成房屋，在窗棂上拴马。
屋外是涂着胭脂的白马，只一笔，
成都从此不更名。

屋内是狡诈的粮草，用水说谎，
用江山的药壮阳。

其实，射落在坡下的是一句话。
庞统兄，我纵是话家，也不敢言语了。
在落凤坡，杂草在没有凤的新书中疯长，
汉柏死在朝天空走去的路上。

有人用豢养的竹子写字。肥硕的乌鸦，
把藤蔓伸进了演义。

庞统兄，落了也罢，
因为三国的电影，义字早已落荒，
从此，再不演义了。

九寨蓝

所有至纯的水，都朝着纯洁的方向，草一样地
发芽了。蓝色中的蓝，如同冬天童话中恋爱着的鱼
轻轻地从一首藏歌孤独的身旁滑过……

九寨沟，就让她们的声音，如此放肆地
蓝吧。远处的远方

还是那棵流浪着的草，和一个典雅而别致的
故事。用水草的蓝腰舞蹈的鱼
朝着天空的方向飘走了

朝着爱情和蓝色的源头去了

临风的树，被风把玉的声音渲染成一抹
水一样的蓝。倚着树诗一般模样的女子
在冬天，用伤感过歌声的泪
引来了遍野的雪花和水草无数的哀歌，然后

天，只剩下蓝了

白鳍豚

和天空脆弱的壳轻轻一吻，率先成为
坠落的时间中
一粒冰一样圆润的白水。

要么引领整条大河成为冰，把白色
嵌在终将干涸的大地上
作化石状的念想。

要么被铺天盖地的水，融化回水
只是不能再白。

时间就此断裂
如同鱼停止划动的左鳍，见证
筑好的纪念馆，汉字雕出的右鳍。

干涸的树枝上悬挂枯萎状开过的水珠
冰的形式主义，衰退在水的画布上。

手术台上不锈钢针头样的光洁
被挖沙船驱赶得销声匿迹
扬子江像一条失去引领的老式麻线
找不到大地的伤口。

邮票拯救过的名词，被绿皮卡车
拖进一个年代模糊的读书声中
童声合唱的信封们在清澈中纷纷凋零
盖有邮戳的水，年迈
被年轻的水一次次地清洗。

那粒冰已经无水敢洗了
所有的水都在见证，最后，成为一本书
厚厚的证据。

沈苇的诗

沈苇（1965—　　），浙江湖州人。毕业于浙江师范大学中文系。曾任新疆作家协会常务副主席、秘书长，《西部》文学杂志主编等。现任浙江传媒学院教授、中国作家协会诗歌委员会委员。著有诗集《沈苇诗选》《数一数沙吧》等。曾获十月文学奖、华语文学传媒大奖·2014年度诗人奖、2015花地文学榜年度诗歌金奖等。诗集《在瞬间逗留》获首届鲁迅文学奖。

自白

我从未想过像别人那样度过一生

学习他们的言谈、笑声

看着灵魂怎样被抽走

除非一位孩子，我愿意

用他的目光打量春天的花园

或者一只小鸟，我更愿

进入它火热的肉身，纵身蓝天

我看不见灰色天气中的人群
看不见汽车碾碎的玫瑰花的梦
我没有痛苦，没有抱怨
只感到星辰向我逼近
旷野的气息向我逼近
我正不可避免地成为自然的
一个小小的部分，一个移动的点
像蛇那样，在度过又一个冬天之后
蜕去耻辱和羞愧的皮壳

风有什么意义

风有什么意义
它往南刮，又往北吹
它走东又闯西
风有什么意义
它从峡谷来，吹乱妹妹的黑发
吹落她冰凉的泪珠
风有什么意义
它击落水果，推开栅栏，压倒麦草
它破坏，不建设
风有什么意义

它抓住落叶，又放开

将尘埃从这里赶到那里

风有什么意义

它走到路的尽头

趴在灰烬上哭泣

风有什么意义

它吹灭山上的灯，像一次突然的爱情

转眼就消失得无影无踪

欢迎

我欢迎风

吹走尘土，清洁我的路

我欢迎雨水

我已准备好一小块地、几把麦种

我欢迎日出

金色的犁轻轻划过我身体

使我疼痛并且喜悦

作为一名黄昏爱好者，我欢迎

紧接着来到的夜晚

它使我身心自由，充满想象

成为陌生而吃惊的另一个

我欢迎爱情

因为最好的诗篇属于女性的耳朵
但新的爱情要向旧的爱情致歉
我欢迎四季，特别是冬天
思想在寒冷中结晶
灵魂在受难中坚硬
我欢迎大海上漂来的帆
（它来自一个人的童年）
虽然落日孤烟的大漠才是最后的栖息地
我欢迎全部的命运
这神奇的不可捉摸的命运
这忙碌的永不停息的命运
像水蛭，我牢牢吸住它的身体
直到把它变成自己的一部分
哦，我欢迎我的一生
这残缺中渐渐来到的圆满

达浪坎的一头小毛驴

达浪坎的一头小毛驴
吃一口紫花苜蓿
喝一口清凉的渠水
满意地打了一个喷嚏

它，在原野上追逐蝴蝶
沿村路迈着欢快的舞步
轻轻一闪
为摘葡萄的三个妇女让路

达浪坎的一头小毛驴
有一双调皮孩子的大眼睛
在尘土中滚来滚去
制造一股股好玩的乡村硝烟

它，四仰八叉，乐不可支
在铁掌钉住自由的驴蹄之前
太阳照在它
暖洋洋的肚皮上

有所思，在和田

有所思，在和田
石榴圆满，核桃树圆满
羊脂玉圆满，河道里大卵石圆满
孕妇圆满，孩子们眼中的蓝圆满

有所思，在和田

麻扎圆满，沙漠里废墟圆满
尉迟乙僧失传的杰作圆满
消失的尼雅、丹丹乌里克圆满

——不要惊扰了一朵玫瑰的开放
——不要惊扰了毛驴的小步伐
有所思，在和田
尘雾迷蒙了我的双眼
已有一百零一天
如果我化身为一粒尘埃
静静落在和田的葡萄树下
那么，我就是圆满

汪峰的诗

汪峰（1965—　　　），江西铅山人。2005年专科毕业于中央广播电视大学小学教育专业。1983年高中毕业后参加工作，先后担任过破碎机工、皮带工、水泵工、内报编辑、办公室秘书等职务。中国作家协会会员。第二届滕王阁文学院特聘作家。参加《诗刊》社第十二届青春诗会。著有诗集《写在宗谱上》《炉膛与胸腔》等。获2022江西年度诗人奖。

牦牛坪

太阳光着膀子，皮肤又粗又黑
一头牦牛，一群牦牛，像云朵在群峰和高原翻滚

而在脚板的下方，谁亿万斯年静静地守候着海拔三千米
的稀土矿
牧人一声鞭响，矿石会震落一小片

直到勘探的钻机被建昌马驮上来，直到
掘进机的轰鸣敲碎黑牦牛的骨头从矿井中涌出，直到
一只结满矿业老茧的手掌拍击群山，溅出满天星光

探矿

探矿人每往前迈进一步，柴油发电机
和帐篷便往上移动一步。群峰也
悄悄地跟在后面
在横断山脉，探矿者把帆布皮鞋
挂在峭崖之上，而把探矿的钻头
深深地插进岩石里
像长久失望的怨气和火气
像深重的祖国嘶哑的喉咙
探矿人的身体和日子
和泉水一起煮沸，经常啃着冬天
干硬的风
并在夜里细数着落单的流星
那时，他的儿子
正嗷嗷待哺，还不懂得
远方有大山，大山中有父亲
正踩着大山的骨骼
正在向大山打探

光照不到的地方
还有没有未被触及的幸福

笛声

白色的油漆
在黑色的矿山慢慢渗透

像装修一扇窗，他在耳朵里调制一只鸟
的飞翔

一个矿工
他的手指还长出一截带风的竹枝

另外一桶白油漆，漆到哪里
哪里都有白铁皮，都有情感的沼泽在静静地反光

岩鹰

采矿场的超市，
有一个岩鹰的冰柜。

手套在挖掘机里落草。
他的春天，有一个螺旋而下的竖井。

理想的肝胆便于捆绑虫卵。运输车
是铁打的事实。

运输翅膀，云朵已
从货架上撤下来。

他在春天的复印店里忙于复印羽毛，
他放跑了沉默的岩石和竖井。

钢钎

到太阳的炉膛里去搅拌。
有时，手心里捏着乌云；有时，手心里捏着雨滴。
炉前工站在西部高原像雪峰一样挺拔，但他的脸被太阳烤红。
他是简单的，在祖国广袤的冶炼车间里，他自带重量。
他沉默，但有时也有高铁的呼啸与轰鸣，
好钢材一样，带着自己千锤百击的硬度和韧性。

雷平阳的诗

雷平阳（1966——   ），云南昭通人。1985年毕业于昭通学院中文系。现任中国作家协会全委会委员、诗歌创作委员会委员，云南省作家协会副主席、诗歌创作委员会主任，云南大学、云南师范大学硕士生导师。中宣部全国宣传文化系统"文化名家"暨"四个一批"人才。曾获人民文学奖、《诗刊》社第二届华文青年诗歌奖、十月文学奖等。诗集《云南记》获第五届鲁迅文学奖。

亲人

我只爱我寄宿的云南，因为其他省
我都不爱；我只爱云南的昭通市
因为其他市我都不爱；我只爱昭通市的土城乡
因为其他乡我都不爱……
我的爱狭隘、偏执，像针尖上的蜂蜜
假如有一天我再不能继续下去
我会只爱我的亲人——这逐渐缩小的过程

耗尽了我的青春和悲悯

叶蓼之红

晚上把一根木头
扛到山顶
天亮前又去山顶
把木头扛回家
一生做这么一件事，我很少注意到
路边的叶蓼在深秋
弯曲的茎秆红得像吸饱了牛血的
玻璃管。而且这柔软的玻璃管
由眼前的几根逐渐扩展为覆盖
整个山体的无尽之数
直达山顶上的蓝天
能听到牛血咕咕流动的声音
但不能将其与任何肌肉组织联系起来
如此壮阔的一个整体
没有一种躯壳能够装下
如果想象这是无数的躯壳在此敞开
那么想象就是暴政——在我的
想象中——有多少头牛被赶进天空
就有多少个躯壳在这座山上

血被抽空。因此我心惊胆战
怀疑自己所走的路
一直偏离了路的本身
但又无法纠正。便一反
常态：天亮前
把那根木头扛到山顶
晚上又去山顶把木头
扛回家——上山与下山
置身于黑暗之中

我：人物之一

写诗时我总想抹掉以前的风格，
但抹不干净。我努力地去成为另一个人，
但还是虚弱的这一个，并且无法还原。
我：虚构了自己所有故事的思想温度，
把真实分切成无法缝合的碎片，把假象凝固为白银。
为天空种上茶树，给星斗浇水。
无视烈火在马厩和墓园中点燃、失控，以及退隐于
宗教之后用烛火与柏香自焚的猎手。
——没有陷阱可以困住诞生于陷阱中的人。
伟大的文字也并非世界最终的善。
我：每天坐在家门口，

观看巨石和巨浪从街道上轰隆轰隆地滚过。

云之上之三

写下与撕弃之间，虚构的风暴
吹了十多次。仅仅为了写下
这么两行："鸟儿侧身飞过天空
受制于我虚构的风暴。"
——我一生虚构风暴，将太阳和语言作为
两个风暴眼。飞得最高的黑白秃鹫
飞得最低也飞得最快的尖尾雨燕
飞得最慢的丘鹬，它们飞行时都受到了风暴
猛烈的正面阻击，必须侧着身子才能
飞过天空。我明白只有还债的人和借债的
人，才会顶着风暴开始冒险的天空之旅
鸟儿也是。我虚构的风暴吹着了它们
说明虚构力如此及物，但我又觉得任何风暴
也不应该吹它们。鸟儿在天空中侧着身子飞
多像我们头顶上有人在捂着心脏逃亡
在天上，只有在逃亡时死死捂住心脏的人
才会明白——真实的风暴也许会避开人
而虚构的风暴总是因为人而
产生，并且很少有被选中的人平安归来

桉树，致陈流

无人查找自己的日子已经
归类于遗忘。钟表停顿，隐迹的飞鸟
长着幽灵迅捷的翅膀，模糊的脸
它们的对话无法翻译、聆听。我确信
这是一种普通的寂静，而且开始朝向
寂静的深处迈步。桉树扭结着躯干
曲折向上，像苍老的舞者在激烈的旋转中
没有放弃盘绕在四周的绿色枝叶并应许它们
春天的观众的身份——隐秘的寂静空间
因此向我敞开：一个新的世界
必有陈旧的青草为之妆点隆起的
地面，也必有没有到来的美学提前在
桉树与桉树之间的细藤上露出芒刺
透亮的空气里存在着金属的冷雾，静止的时间
通过泛灰的叶片传达陌生的心跳
我被理论无情遮掩的光束所惊骇但又
从光束的理论中看到无处不在的沉默的希望
——此刻，你得调遣所有暴力的想象：这是风暴
卷走了狮子，但留下了狮子绵密的肌肉组织
这是造物主收回了真实的桉树外形

但把神的影子安顿在斜坡上供人辨认

这还是一种不为人知的植物，它想去天空生长

它那枝条内向外升起的云朵，就像月光的线团

即将在更加寂静之时猛然散开它众多的端头

我得坦白，当这些桉树既是桉树

又不是人们观念中的桉树，它的造访

令我在初冬的这个下午如获援助

在深入寂静时肉眼看到了寂静本身的形状

品质，象征。尽管幻觉也会将我

领至别的什么地方，教导我把海底插着的橹

也叫作桉树。同时又将画布上的桉树

叫作云梯或者玻璃栈道。在此物中

又一次发明此物，在无物的空间内获取

无物之中藏身于万有与万无边界上的"某物"

我们是不是该噘起嘴唇，吹一吹

响亮的口哨？得意忘形直至万物复苏

——直至我们没有看见的植物都统称为桉树

胡弦的诗

胡弦（1966—　　），原名胡传义。江苏铜山人。1988 年毕业于南京师范大学中文系。现任《扬子江诗刊》主编、中国诗歌学会副会长、中国作家协会全委会委员、江苏省作家协会副主席。著有诗集《谛听与倾诉》等。曾获《诗刊》2014 年度诗歌奖、十月文学奖、第三届闻一多诗歌奖、第三届徐志摩诗歌奖、2017 花地文学榜年度诗歌金奖。诗集《沙漏》获第七届鲁迅文学奖。

琥珀里的昆虫

它懂得了观察，以其之后的岁月。
当初的慌乱、恐惧，一种慢慢凝固的东西吸收了它们，
甚至吸走了它的死，使它看上去栩栩如生。

"你几乎是活的"，它对自己说，"除了
不能动，不能一点点老去，一切都和从前一样"。

它奇怪自己仍有新的想法，它谨慎地
把这些想法放在心底以免被吸走因为
它身体周围那绝对的平静不能
存放任何想法。

光把它的影子投到外面的世界如同投放某种欲望。
它的复眼知道无数欲望比如
总有一把梯子被放到它不能动的脚爪下。
那梯子明亮、几乎不可见，缓缓移动并把这
漫长的静止理解为一个瞬间。

散步

——星空是种陌生的慢。
据说，对面山下的断腿人，曾抱着石头哭泣。
当他散步，他感到前面也有个人在散步，用的
不是脚，是曳地的长服。
"如果在黑暗中走得久了，就不再有声音。"
昨天，病重的亲戚打来电话，他听到强抑的哽咽……
"在垂危者那里，等待是种最急迫的慢。"
这样想着，他继续散步，觉察到
一些黑影飞快地越过他，赶往他不知道的远方。
进山数日，他见过捉雨点的人、嗜睡的人。

"用方言交谈，其中的路径、墓穴，都是隐秘的。"
他在这中间散步，寻找平衡时，能同时感受到
被星星小心控制的重力，以及
草尖的颤动，和突然改变方向的风。

蝴蝶

颤抖的光线簇拥，蝴蝶
从一个深深的地方
浮向明亮的表面：
——一件古老、受罪的遗物，

穿过草丛、藤蔓、痉挛、
非理性……把折痕
一次次抛给空气，使其从茫然中
恢复思考的能力。

翅膀上，繁密的花纹在对抗
制造它的线条，有时
叠起身体，不动，像置身于一阵风
刚刚离去的时间中。

当它重新打开，里面是空的，

没有任何我们想要的东西。

——那是一次次重生
飞临的蝴蝶，仿佛
于回声外的虚无中获得过
另外的一生。

窗外

只有在火车上，在漫长旅途的疲倦中，
你才能发现，
除了火车偶尔的鸣叫，这深冬里一直不曾断绝的
另外一些声音：窗外，大地旋转如同一张
密纹唱片。
脸贴着冰凉的玻璃，仔细听：
群山缓慢、磅礴的低音；
大雁几乎静止的、贴着灰色云层的高音；
旷野深处，一个农民：他弯着腰，
像落在唱片上的
一粒灰尘：一种微弱到几乎不会被听见的声音。

承受

承受山谷如承受自身，此中

有模糊不安的欢乐。

如同身处世界的另一面，我找到了断裂链条的接环，

远方雷鸣的盲目威力，绵延群山对紧张感的厌倦。

而对于坐在黑暗中的人，有一颗星就够了。

神明的意图

是隐秘的，在最离谱的行动中，仍有象征，有需要忠于的尺度。

这样的夜晚，我们能到哪里去？

我们在呼吸，星颗在慢慢燃烧，仿佛世界的秘密尽在其中。

一缕简单的光，正把松涛送进我们的心灵。

胡弦的诗

113

古马的诗

古马（1966—　　），原名蔡强，甘肃凉州人。现任甘肃省作家协会副主席。著有诗集《西风古马》《古马的诗》《红灯照墨》《落日谣》《大河源》《晚钟里的青铜》《飞行的湖》《凉州引》《宴歌》。曾获人民文学奖、《诗刊》2020年度陈子昂诗歌奖、甘肃省敦煌文艺奖一等奖、甘肃省首届黄河文学奖一等奖、第三届中国天水·李杜诗歌奖银奖。

挖土豆谣

等新麦归仓后再去挖土豆吧
让南风尽情吹拂
让太阳把更多的热力和糖分
通过覆盖地垄的绿蔓输送给它们
让它们在暗中再长得壮实一些

等秋分后再去挖土豆吧
白露纷繁

提秧则散
滚落田野的土豆个个大过吃饭的碗

我们如此欢喜
有人在月亮姗姗来迟的傍晚
迫不及待用土块就地垒起了窑灶

我们把铁锹都放在了一旁
兴奋地搓着双手
让烧红窑垒的火光照着泥与汗的脸
土豆烤熟的香味开始四处乱窜

边地蓝莹莹的胡麻花
秋天鸟儿的眼睛
也和我们一起沉醉了啊

戈壁晨思

不要说一轮旭日正在跃跃欲试
在地平线上大炼钢铁
把成千上万吨钢水倾入
青涩的天空和哑默的大地

古马的诗

115

——焉知陈旧的比方不会冲昏头脑
不会造成新的大面积的伤害

让一列奔赴边疆的绿皮火车
跑得慢些，再慢些

玉门还远，低窝铺依稀还在梦中
柳园敦煌哈密吐鲁番
还是天边闪烁不定的星座

那时，我还没有遇见我
我还没有遇见你
九色鹿^①遇见过落水者劝说过国王
骆驼草和砾石云影在清风中交谈
红柳在缓慢地生长
柳编头盔和铝制饭盒还没有
和飞沙走石在塞外磨合

一万年不久，我们早晚
会在旅途中惊喜相会
或在某个荒凉的小站悄然错过
怀揣着青春梦想和各自的方向

———————————————

① 九色鹿，引自敦煌莫高窟 257 窟壁画故事。

花海

花草汹涌落日

落日是一个人的背影
是提在手里的小皮箱颜色暗红
不管多么留恋，一步一步
往地平线下挪去

一列停在花海深处的绿皮火车
似乎落日就是刚刚从这儿下车的
似乎忧伤的灵魂正从车窗里向外探望
一直望到望不见那落单的形影

无可簇拥的花草
终于梦醒一般从天边反噬过来
将整列火车淹没

在事故地点
几只红嘴玄鸟兀自议论着
薰衣草的味道
照临月光

大峪沟露营

追凉的人们在此搭起了帐篷
喝茶，欢聚
在草地上烧柴煮肉
捏起藏包

烈酒永远都是太阳的热情
为友爱储备

云在山间没有挂碍
云跟哈达以及
从草露鲜明的大地上升起的炊烟
保持着劳绩和诗意之间的距离

你可以离开帐篷
独自深入午后的山谷
流水洗心
银露梅在河边砾石中寂寂生长
银灰色叶片上些许灰尘
并不足以让时光发旧
对岸青黛的松色中

隐藏着黑熊野鸡

和多少我们并不知晓的新鲜事物

当黄昏来临

热闹一天的草地逐渐沉静下来

两只毛色艳丽的鸟儿

降临人去帐空的营地

欢快地啄食

仿佛王和王妃

在用钻石镶嵌的小刀

细心剔食着牛骨羊骨

不舍星粒

雨中过崆峒山下孤村

青绿无比的乡村

淋着雨生长的葫芦果木

多么像是无人照顾的孩子

院门紧闭

一家便是一花

一户便是一个世界

谁肯来此过活
一个人才上心头
又匆匆走远

我依然是独自一人
背负满天风雨
犹如穿过村庄的黑色电线
怀抱电流，沉入冷寂

远处青峰
似天地的孤独
云绕意迷
云雾带来透雨
云散雨收之时青峰更青

青青
兀立在黄帝问道之处

陈先发的诗

陈先发（1967——　　　），安徽桐城人。1989年毕业于复旦大学。曾任新华社安徽分社总编辑、副社长。现任中国作家协会诗歌委员会副主任、安徽省文联主席。著有诗集《写碑之心》《陈先发诗选》等。曾获《诗刊》2015年度陈子昂诗歌奖、华语文学传媒大奖·2016年度诗人奖、十月文学奖、草堂诗歌奖年度诗人大奖等。诗集《九章》获第七届鲁迅文学奖。

丹青见

楸木，白松，榆树和水杉，高于接骨木，紫荆
铁皮桂和香樟。湖水被秋天挽着向上，针叶林高于
阔叶林，野杜仲高于乱蓬蓬的剑麻。如果
湖水暗涨，柞木将高于紫檀。鸟鸣，一声接一声地
溶化着。蛇的舌头如受电击，她从锁眼中窥见的桦树
高于从旋转着的玻璃中，窥见的桦树。
死人眼中的桦树，高于生者眼中的桦树。

被制成棺木的桦树，高于制成提琴的桦树。

前世

要逃，就干脆逃到蝴蝶的体内去
不必再咬着牙，打翻父母的阴谋和药汁
不必等到血都吐尽了。
要为敌，就干脆与整个人类为敌。
他哗地一下脱掉了蘸墨的青袍
脱掉了一层皮
脱掉了内心朝飞暮倦的长亭短亭。
脱掉了云和水
这情节确实令人震悚：他如此轻易地
又脱掉了自己的骨头！
我无限眷恋的最后一幕是：他们纵身一跃
在枝头等了亿年的蝴蝶浑身一颤
暗叫道：来了！
这一夜明月低于屋檐
碧溪潮生两岸

只有一句尚未忘记
她忍住百感交集的泪水
把左翅朝下压了压，往前一伸

说：梁兄，请了

请了——

青蝙蝠

那些年我们在胸口刺青龙，青蝙蝠，没日没夜地
喝酒。到屠宰厂后门的江堤，看醉醺醺的落日。
江水生了锈的浑浊，浩大，震动心灵
夕光一抹，像上了《锁麟囊》铿锵的油彩。
去死吧，流水；去死吧，世界整肃的秩序。
我们喝着，闹着，等下一个落日平静地降临。它
平静地降临，在运矿石的铁驳船的后面，年复一年
眼睁睁看着我们垮了。我们开始谈到了结局：
谁？第一个随它葬到江底；谁坚守到最后，孤零零地
一个，在江堤上。屠宰厂的后门改做了前门
而我们赞颂流逝的词，再也不敢说出了。
只默默地斟饮，看薄暮的蝙蝠翻飞
等着它把我们彻底地抹去。一个也不剩

最后一课

那时的春天稠密，难以搅动，野油菜花

翻山越岭。蜜蜂嗡嗡的甜，挂在明亮的视觉里

一十三省孤独的小水电站，都在发电。而她

依然没来。你抱着村部黑色的摇把电话

嘴唇发紫，簌簌直抖。你现在的样子

比五十年代要瘦削得多了。仍旧是蓝卡基布中山装

梳分头，浓眉上落着粉笔灰

要在日落前为病中的女孩补上最后一课。

你夹着纸伞，穿过春末寂静的田埂，作为

一个逝去多年的人，你身子很轻，泥泞不会溅上裤脚

苹果

今夜，大地的万有引力欢聚在

这一只孤单的苹果上。

它渺茫的味道

曾过度让位于我的修辞，我的牙齿。

它浑圆的体格曾让我心安。

此刻，它再次屈服于这个要将它剖开的人：

当盘子卷起桌面压上我的舌尖，

四壁也静静地持刀只等我说出

一个词。

是啊，"苹果"，

把它还给世界的那棵树已远行至天边

而苹果中自有惩罚。
它又酸又甜包含着对我们的敌意。
我对况味的贪婪
慢慢改变了我的写作。
牛顿之后，它将砸中谁？
多年来
我对词语的忠诚正消耗殆尽
而苹果仍将从明年的枝头涌出

为什么每晚吃掉一只还非一堆？
生活中的孤证形成百善。
我父亲临死前唯一想尝一尝的东西，
甚至他只想舔一舔
这皮上的红晕。
我知道这有多难，
鲜艳的事物一直在阻止我们玄思的卷入。
我的胃口是如此不同：
我爱吃那些完全干枯的食物。
当一个词干枯它背后神圣的通道会立刻显现：
那里，白花正炽
泥沙夹着哭声的建筑扑上我的脸

李少君的诗

李少君（1967—   ），湖南湘乡人。1989年毕业于武汉大学新闻系。曾任《天涯》杂志主编、海南省作家协会副主席、海南省文联副主席。现任中国作家协会全委会委员、《诗刊》社主编、一级作家。著有诗集《自然集》《草根集》《海天集》《神降临的小站》《每一次的诞生都是痛苦》《应该对春天有所表示》等。曾发起"珞珈诗派"。被誉为"自然诗人"。

神降临的小站

三五间小木屋

泼溅出一两点灯火

我小如一只蚂蚁

今夜滞留在呼伦贝尔大草原中央

的一个无名小站

独自承受凛冽孤独但内心安宁

背后，站着猛虎般严酷的初冬寒夜
再背后，横着一条清晰空旷的马路
再背后，是缓缓流淌的额尔古纳河
在黑暗中它亮如一道白光
再背后，是一望无际的简洁的白桦林
和枯寂明净的苍茫荒野
再背后，是低空静静闪烁的星星
和蓝莹莹的温柔的夜幕

再背后，是神居住的广大北方

傍晚

傍晚，吃饭了
我出去喊仍在林子里散步的老父亲

夜色正一点一点地渗透
黑暗如墨汁在宣纸上蔓延
我每喊一声，夜色就被推开推远一点点
喊声一停，夜色又聚集围拢了过来

我喊父亲的声音
在林子里久久回响

又在风中如波纹般荡漾开来

父亲的答应声
使夜色似乎明亮了一下

荒漠上的奇迹

对于荒漠来说
草是奇迹，雨也是奇迹
神很容易就在小事物之中显灵

荒漠上的奇迹总是比别处多
比如鸣沙山下永不干涸的月牙泉
比如三危山上无水也摇曳生姿的变色花

荒漠上还有一些别的奇迹
比如葡萄特别甜，西瓜格外大
牛羊总是肥壮，歌声永远悠扬

荒漠上还有一些奇迹
是你，一个偶尔路过的人创造的……

江南小城

仿佛慢得回到了上一个世纪……

风慢得适合在柳条间缠绵
船慢得适合在狭长的运河上飘荡
人慢得适合在此散步流连抒情
——和每一个人都要点头问好
你慢得适合幽居在一个寂寞的巷子里
——小院深深绿荫浓

而这一切啊，慢得适合回旋回忆回味
当一朵花从桥上扔到我头上
我久久没有回过神来……

春信

每到时辰，晨曦会准时地
在黑暗的巨幕上凸现出来
写下第一行字

小鸟会准时地从森林深处醒来
啼鸣第一声问候

海棠花会释放出第一缕芬芳
对蝴蝶施展处女似的魅惑

春水破冰后的第一次流淌
让幽闭已久的溪塘暗自激动沸腾

而你不经意泄露的微笑
春风般拂过杨柳的每一根枝条

这些都是春天的邀请函，
风信子会把这一消息传递到千山万水

西渡的诗

西渡（1967—　　），原名陈国平，浙江浦江人。1985
年考入北京大学中文系。毕业后任职于中国计划出版社。
2015年博士毕业于清华大学中文系。2018年调入清华大
学工作，现任清华大学中文系教授。著有诗集《雪景中的
柏拉图》《草之家》《连心锁》《鸟语林》，诗论集《守望与
倾听》《灵魂的未来》《读诗记》。曾获十月文学奖、扬子江
诗学奖等。

最小的马

最小的马

我把你放进我的口袋里

最小的马

是我的妻子在婚礼上

吹灭的月光

最小的马

我听见你旷野里的啼哭

像一个孩子
或者像相爱的肉体
睡在我的口袋里
最小的马
我默默数着消逝
的日子，和你暗中相爱
你像一盏灯
就睡在我的口袋里

江南忆

顺水船停下八只桨，远行人经过
梅花、杏花、李花、乡村和集镇
在南方，山水亲切
如灯下笑靥对镜看
水在山怀，山在水怀

山总揽万物，水擦去万物
又恢复。山水的百宝箱打开
一层层欢喜。在南方，山水恍惚
稻田倒映白鹤的闲心
八桨高举，逆水船载回旧时人

大海无穷尽的跳荡……

……大海无穷尽的跳荡
在深夜和黎明的悬崖上
在正午的浪峰上
用一生的虚掷表明它的固执

它涌起，给宇宙上紧发条
命令空间变得柔软
它退下，收回物质的诺言
让时间恢复弹性

释放云朵，它让鸟飞翔
让植物走上陆地，学会思考
它潜进人的胸腔，经历恋爱的苦恼
在动物和植物的性中拥抱

在坚硬的岩石上，它摔碎自己
又默默捡回，重新变得完整
它热爱，一场永动的游戏
日月，它的转机，它的轴心……

返魂香

瓦垄上，细雨溅起轻烟。
酒帘低垂。酒人飘过石头的桥拱。
在江南，你吻过稻花、米香和波影。
作为隐士，我与你手植的梅花重逢于山阴。

青溪之畔，白鹭借我袅娜；
倏忽往来的游鱼借我无心。
汀步石之上，春风撩乱往生的心绪；
流水映照前身。你呼吸
耕读的麦浪就起伏，白云就出岫，
松涛就沿着山脊的曲线回返。

塔影宛如重来。山水间，
我们一起听过雨的凉亭
此刻无我，也无你。
时光如笙箫，引你我于清空中重觅
前世余音。

七个郑和

我的心渐渐有了大海的形状。
从空中随便抓一缕风，我就能闻出
满剌加，苏门答剌，榜葛剌，木骨都束的
味道。追随我的、诞生自大陆的鸥鸟
渐渐忘了它们的出身；有时候，它们
飞鸣着越过我，仿佛一队队陆地的亡魂。

大海啊，我的老对手和老朋友，它知道
我的身体在渐渐老去，它夺走我的青春
却以一颗渐渐磅礴的心作为报偿——
我航过的每一寸海的土地，都是道路
盐的道路，茶的道路，瓷器和丝绸的道路

万里江山养我以浩然之气，大海养我以
波浪和天空，陆地消失的时候，身体
依然是陆地的碎片，船帆依然是
风云的姿态，我的心却渐渐忘记了
它所来的方向。我的眼目更加锐利：

我看见乌云背后闪电的巨大意志燃烧

我航行在滚滚的波涛上，航行在火上
作为火，我站起来，代替一个大陆回答
大海的提问：农人啊，你们收获稻麦和家园
我的航行收获风、波浪、星空、盐和海啸

我立定在甲板上，水手们就安然入睡
我闭上眼睛，六个郑和就从我眼前经过
六种姿态，六种步伐，六个声音对我说话
麒麟，天马，紫象，佛牙，长角马哈兽
从我走过的波浪找到它们通往亚洲的道路

大陆因海而生长，我因空虚而学会飞翔，
今夜，六个郑和一齐从天上转过身来，
走进这第七个。这第七个，在北极星的指引下
作为大海的觇标矗立。鸥鸟越过头顶
船队远逝。大海的中央，第七个郑和停止了还乡

杜涯的诗

杜涯（1968—　　　），河南许昌人。1987年毕业于许昌地区卫校护士专业。曾在医院工作十年，1997年任《老人春秋》杂志社编辑。2004年到北京，先后任文化公司图书编辑、杂志社编辑等职。2007年回河南。参加《诗刊》社第十八届青春诗会。著有诗集《风用它明亮的翅膀》等。曾获《诗刊》2019年度陈子昂诗歌奖等。诗集《落日与朝霞》获第七届鲁迅文学奖。

譬如

譬如年末岁尾的时候

风从寂静的楼群中吹过

孩子们奔跑在街上

零落的鞭炮声响在深巷

有人回乡，有人买回年货

有人沉入回忆

而在城外，天气晴朗，河堤宁静、绵长

风吹过空旷的树林
空中，回荡着年岁流去的暗伤

譬如节日里，气候清明
空气中飘荡着一种芬芳
人们奔走在大路上
市场的喧嚣，广场的涌动
二月，三月，四月的轻扬
或者湖堤，垂柳，石栏
城河边，樱花又一年绚烂绽放
春天的岁月，亘古、绵延而久长

譬如春光里，农夫行走在田野上
他心怀梦想，为妻儿劳作
思虑着房屋、雨水、年景、食粮
他撒肥、锄禾，劳碌又满足
而在他的四周，明媚涌动、无限
阳光下的麦田闪耀绿波
大地丰腴、平坦、延展
——风的家乡，永恒的时间

而这里有着一切：劳动，诗篇
生活的壮丽，芬芳，与昂扬

无限

我曾经去过一些地方
我见过青螺一样的岛屿
东海上如同银色玻璃的月光，后来我
看到大海在正午的阳光下茫茫流淌
我曾走在春暮的豫西山中，山民磨镰、浇麦
蹲在门前，端着海碗，傻傻地望我
我看到油桐花在他们的庭院中
在山坡上正静静飘落
在秦岭，我看到无名的花开了
又落了。我站在繁花下，想它们
一定是为着什么事情
才来到这寂寞人间
我也曾走在数条江河边，两岸村落林立
人民种植，收割，吃饭，生病，老去
河水流去了，他们留下来，做梦，叹息
后来我到了高原，看到了永不化的雪峰
原始森林在不远处绵延、沉默
我感到心中的泪水开始滴落
那一天我坐在雪峰下，望着天空湛蓝
不知道为什么会去到遥远的雪山

就像以往的岁月中不知道为什么
会去到其他地方
我记得有一年我坐在太行山上
晚风起了，夕阳开始沉落
连绵的群山在薄霭中渐渐隐去
我看到了西天闪耀的星光，接着在我头顶
满天的无边的繁星开始永恒闪烁

高处

在从前，当我在清晨的熹光中醒来
树木翠绿，紧贴五月的山石
山榉和红桦树的光阴让小兽热爱
而在更高处，山崖陡峭，岩石排列
山峰已将庄严的影子印在青蓝的天空
很快，鸟声渐起，山谷明亮
群峰赛似壮丽，背面的天空
有如南风之家的巨大背景
我开始向高处攀登，五月的翠绿伴着我
一路闻听泉水，清风，鸟声
林木在远处森严，排列
并渐渐移向幽明的山谷
多少次我驻足，向森严和幽明里眺望

被它的绮丽、神秘和幻象诱惑

但我记着那高处：陡峭的山崖，巍峨的山峰

我记得幼年的经验，材料，芬芳，渴念

那是在五月，每当我向高处攀登

青春的荣耀的元素伴我同行

至爱者的面容在万物中隐现

当我望向高处：那万年无声，那缈蓝

在那里，时而触及星辰，满天星光垂挂

时而又峰峦明亮，孔雀的蓝衣铺展闪电

我知道，到达那高处还需要一段路程

而在我的脚下，年华已逝

两旁的树木迅速变换着季节

已然开花，俄而枯黄，继而落雪

许多的年岁已无声逝去了

像星辰在远处悄然黯灭

我知道我必须抛弃一切的形式

抛弃具体、日常，一切的物质、重量、形态

不再关注榆树的概念，生活的意义

我必须和自然的广在一起

和事物的存在、本心一起

现在，那高处依然庄严着天空

树木的青翠又一年伴着我

我必须在远离尘世和欢庆的地方攀爬

不再受景物幽明变幻的诱惑

我必须赶在日暮之前到达
——赶在衰朽与消散之前
因为一切都已如黎明的曙光显现：
到达那里，是到达万有的精神
到达那里，是到达纯粹之乡

142

空旷

记得在过去的岁月，正月里
我总是一个人去到城外的田野，只因
无法融入满城的欢乐，新年的人群
是的，我承认，我是个黯淡的人
心里没有光明，也不能给别人
带去温暖，或光亮，像冬夜的烛光
我总是踽踽独行，怀着灰暗的思想
在落雪的日子里穿过郊外的雪原
在正月里去到阒无人迹的田野
那时没有候鸟，树木也都还没有开花
只有初绿的麦苗，和晴朗的天空
一整天，我都会坐在田野上
听着远处村庄里传来的隐隐狗吠、人声
听着来自蔚蓝天堂的隐秘声音
听着风从田野上阵阵刮过

吹过世代的寂静

现在仍是这样：二月已轰轰烈烈
翻过了山冈，春天的大路上走着新人
春天的河堤上刮过薄尘，柳树摇荡
在眼前，在远方，城镇开始了新生活
新的秩序排列人间的日夜
生活，它近在身旁，却又远隔千里
每日，我只是坐在窗前
看着地上的树木和淡白阳光
远处的河沿上不时走过一个或两个人
一阵尘烟过后，一切又归于沉寂
让人想起一些逝去的春天岁月
时间的长河带走了爱、温暖、欢乐
是的，每日，我穿过寂静的园子
心中怀着旧伤、彷徨、对旧日时光的留恋
听见风从头顶的树木上呼呼吹过
听见四周树木的微微摇动
几片去年的枯叶擦过树干，掉落地上
发出了春天唯一的声响

河流

二十岁的那年春天
我曾去寻找一条河流
一条宽阔的静静流淌的河流
我相信它是我的前生

从童年起我就无数次看见它：
在瞬间的眼前，在梦中
只让我看见它：几秒钟的明亮
然后就渐渐消失了身影

那条大地上的孤独流淌的河流
它曾流过了怎样的月夜、白天？
它曾照耀过哪些山冈、树林、村庄？
又是怎样的年月带走了它，一去不返？

永远消失的光明的河流：我不曾找到
那年春天，我行走在无数条河流的河岸
无数的……然而它们不是逝去的从前：
它们不知道我今生的孤独、黑暗

泛着温暖的微波，静静地流淌
仿佛前生的月光，仿佛故乡
然而却总是瞬间的再现
我无数次地靠近使它始终成为远方

多年的时光已过：从二十岁到这个春天
我看到从那时起我就成为了两个：
一个在世间生活，读书、写作、睡眠
一个至今仍行走在远方的某条河流边

陈人杰的诗

陈人杰（1968——　　），浙江天台人。三届援藏干部，后调西藏工作。现任西藏自治区文联副主席、中国诗歌学会常务理事。曾获《诗刊》2021年度陈子昂诗歌奖、2021年度中国作家集团·全国报刊联盟优秀作家贡献奖、《诗刊》2010年度青年诗人奖、第二届徐志摩诗歌奖。被评为2014年度中国全面小康十大杰出贡献人物。诗集《山海间》获第八届鲁迅文学奖。

约雄冰川

昂起的低音，被激流冲刷的卵石
像史前留下的巨蛋
杜鹃傲寒，羊羔花绚烂
苔藓地衣板结着三十九族部落遗址
忽然，我看见——
众鸟飞过，雪线抬高的地方
燃起光明的瀑雨

一道从银河滑落的冰舌

以七十度倾角

铸造自然力之雕塑

幽谷明亮

银蛇簇簇盘晕出亿万个太阳

我惊诧于冰川位移以续春日的枝条

银箭激射古海复活之忧戚

而瞬息蒸腾的浓雾

叠字约雄湖妖女多变的仙境

谁能无动于衷

这自然魔法师幻化的心灵道具

美的黄金分割，分割朦胧

转眼，混沌的冷兵器

释放在鹰的巢穴

千年后得以暴露在晴天丽日之下

一颗颗冰封幽灵

在冷视千年后的荒漠

天地浩叹，一代代踏勘的碑林

留下多少无字篇章

布加雪山，冰雪世界

最高的存在

凭寒冷收复失地

却为侏儒植物杀伐于弥留的天际

像爱的痉挛，伫立无言

德姆拉山

一生为二
两瓣唇红一个香吻

牛羊
德姆拉山草叶上的舌头

飘来飘去的云朵
要有察隅河的肺活量
才能将它喊进青翠的倒影

神来了
半是雨水半是积雪
天空上彩虹的孩子
一双双裸足烙满火焰

尼屋乡

雄曲河、尼都河
像泛滥的桃花

汇入易贡藏布春天之谣曲

罗庆沟、罗琼沟

大山的衷肠

倾听天籁声声

山河故人，天涯鹿回头

一山一石涵养

高原儿女的精神源流

处处是生命的彩蝶

伊嘎瀑布从冰川流荡光明

格萨尔王的奔马

激越远古归来

墨脱

——赠叶水剑

一声长啸，南迦巴瓦自海拔 7782 米的天际线

直插雅鲁藏布谷地，为洪流秉烛

刺向天空的宝剑勾兑贫血

折射天堂的韧丝，而水剑无锋

生于地质时代灾变的熔浆

向大海洋分泌胆汁，雨来了

滴在心弦，是天上的吉他抽泣

峰顶斜照极地苔藓

牦牛牧场碇泊在云彩中间

高山针叶林，像高士挺立寒光闪闪

在幽闭的关隘领半袭去冬的积雪

转眼，龙卷风，嶙峋狮子吼

热带丛林的巨蟒拖出赤道化境

擦亮无数根瀑布青光

和浓得化不开的绿

腾云驾雾衬托人生跌宕

仿佛世界的五色翎毛

从高空驾临这片崚嶒的体魄

而格林村，这翎毛上的晶莹露珠

折射清梦佳禾、桃源绚烂

唱一支古老铜绿的歌

拐杖发芽，灵性无处不在

一杯嫩茶是爱的史诗

达帕神山，会生长的石头

涵养生命的风韵多情

翰墨山水间，超脱尘世外

深山大壑回荡一代代英雄的勋绩

伊嘎瀑布

——赠杨贤巍

孤悬出来，投身浩瀚宇宙

日光蒸腾

境界自是不同，我看见

天地裂，星河落

雅鲁藏布，自伊嘎冰川的眼泪一滴

正决然跃入虎踞龙盘的万仞巨崖

并抡响我胸腔砰然轰鸣

或为留一个悬念，或持守

直线不足以审美，突然在半壁

制造山体滑坡的幻觉

卷刃的洪峰，像格萨尔军旅的喊杀声

从半空抛出九曲回肠

风暴，将鸿蒙甩动得一片昏暗

我摸索着心里探出的漩涡

惊悚于波影那边夏天的暗冰

以及冒险王潜泳的幽灵

便有了置身于巨鲸怀抱的空荡

——给我洪荒般激射的霹雳

粉身玉碎以拼读大河翡翠

曲则迁，直则泻
总能在波澜壮阔中如瀑跌宕

北乔的诗

北乔（1968—　　　），原名朱钢，江苏东台人。2001 年毕业于解放军艺术学院文学系。1986 年入伍，历任武警某部战士、排长、宣传股长、武警某院校教员、图书馆长、科长。曾挂职临潭县委常委、副县长。现任中国作家协会网络文学中心副主任。著有诗集《临潭的潭》《大故乡》。曾获第十届中国人民解放军文艺奖、第十一届全军文艺优秀作品奖等。荣立二等功一次。

想起美好

想起美好
就会想起那充满阳光味道的草垛
一条只属于自己的船
不需要生活，一切都在云端

想起美好
就会想起光着脚丫在田野上奔跑

快乐地喘息
只有这样的节奏，世界不存在

想起美好
就会想起身体刚沾到床铺就沉睡
哪有什么长夜漫漫
眼皮是唯一而且有力的门

想起美好
就会想起莲花下鱼在游来游去
池塘上的波纹
是由草丛里的虫鸣吹起的

想起美好
就会想起坐在旷野仅有的一棵树下
一匹白马在安静地吃草
马背上的阳光就像细柔的太阳雨

想起美好
就会想起雪如蝴蝶飞翔的曼妙
每一片干枯叶子的脉络
都是可以回家的路

想起美好

就会想起无数的背影站在夕阳里
弯弯的小路铺满金色的铃声
身后朝霞里有同样的画面

捧起清水泼在脸上
打湿了太阳月亮以及干燥的九月

岭仔村

当海水沉默时
山的脚步与炊烟一同远行
岭仔村的每个清晨
梦舒展成帆，渔船像鸟儿的鸣叫
在波浪中，一遍遍修改记忆

星光渐隐去，雾的朦胧
让那首唱了千年的歌谣
披上洁白的风衣
老人的双眼和孩子的身影之间
年轻的生活翻动古老的传说

村庄在走动，与白天夜晚一起
模仿牛的安详，马鲛鱼身上

有关大海的秘密
阳光路过皇帝椒发出的声音
平静地讲述那些人间的激情与美好

柏洋，或梦境

庄稼，还在那里
村庄从现实走入梦中
那些街道，在清晨，在午后
鸡叫，猪唤，山后的守望者
可触摸的鸟鸣，在天空划出炊烟的模样

我需要不停走动，搅动沉睡的记忆
风与风之间，谁的影子可以留下
或隐或现的足迹里，重叠了多少等待
不要踏进那清澈的溪流
内心的那条河，总在静止中流动

长廊上的楹联，草地上的雕塑
默默讲述乡愁里那些不变的故事
采一朵蚕豆花，蝴蝶停在指尖
童年的梦从某个拐角现身
我寻找了许多年的亲人

黄姚诗经

在八百年的榕树上，嫩芽
挑开黄姚古镇岁月的厚重
老屋让雾更加飘逸，如心头的那个念想
一簇簇瓦片，像亲人们的拥挤
在明亮和幽暗之间的木窗，往事
迎面而来，携着白天和夜晚
巷子的尽头，还是巷子
一晃而过的身影，定格

池塘里清澈的倒影，迷离我的眼睛
带龙桥上，爷爷牵着孙子的手
这是微风所要表达的含意
鱼潜在水底，模仿鸟儿的飞翔
枝头的鸣叫清洗一路风尘
让人看到了梦中的蝴蝶
天空一片宁静
因为那刚刚醒来的阳光

青石板被人间粗粝的生活打磨得
光滑细腻，一张张泽润的脸庞

我想认领一块
认领虚无之中的这份真相
但我怎么也无法洗尽双手的尘埃
身后的黑暗沉默不语
黄姚古镇，一盏从未熄灭的油灯
试图唤我回家，在河之洲

雨中东湖

是雾气，也是雨水的呼吸
许多的记忆，就这样风尘仆仆而来
世界一片模糊，无人的拱桥上
是谁遗忘的身影，没有孤独
这人间唯一清晰的画面

湖面上，可以看见水花，波纹
漫开，模仿每个转身的瞬间
那些雨滴消失了，就像
走进岁月的故事，感动的，悲伤的
眼前，白色的火焰在跳动

真的不知道，天空之水与湖中之水
谁是谁的前世，垂柳上的水滴

异常明亮，无论坠不坠落，都是
有关梦想的快乐或忧伤，我能
把很大的东湖放在手心，这不是奇迹

路也的诗

路也（1969—　　），原名路冬梅，山东济南人。毕业于山东大学。曾任首都师范大学驻校诗人、美国KHN艺术中心入驻诗人、美国克瑞顿大学访问学者。现任济南大学文学院教授。著有诗集《慢火车》《大雪封门》《泉边》等。曾获人民文学奖、《诗刊》社第三届华文青年诗人奖。2006年获"新世纪十佳青年女诗人"称号。诗集《天空下》获第八届鲁迅文学奖。

忆扬州

来一盘煮干丝，两个狮子头，一壶碧螺春
如果没有琼花露，那就上两瓶茉莉花牌啤酒吧
我们喝了一杯又一杯
这是我和你的扬州

何必腰缠十万贯只需揣百元钞票，何须骑鹤只需乘高速大宇
就有勇气下扬州

这是在梦中，有你的梦中，十年一觉的梦中
窗外千年的绿水悠悠
积压发霉的诗词生成砖缝中的苔痕
历经无数个烟花三月的是那些阁那些寺那些亭
我说，我想把弹琴当功课，把栽花当种田
而你呢，就去做一个文章太守

当微醉之后摇晃着走在石板路上
我相信这个夜晚的明月是从杜牧诗中
复制并粘贴到天上去的
哦请告诉我，告诉我哪是黛玉离家北上的码头
我们这样沿着运河走，在到达宾馆之前
会不会遇上南巡并且微服的乾隆

我一个人生活

我一个人生活
上顿白菜炒豆腐，下顿豆腐炒白菜
外加一小碗米饭。
这些东西的能量全都用来
打长途，跑火车，和你吵架，与你相爱
我吃着泰山下的粮食，黄河边的菜

心思却在秦岭淮河以南。
我的消化系统竟这样辽阔
差不多纵横半个祖国
胃是丘陵隆起，肠道是江河蜿蜒。
我就这样一个人生活着
眼睛闪亮，头发凌乱
一根电话线和一条铁路线做了动脉血管。
我就这样孜孜不倦地生活着
爱北方也爱南方，还爱我的破衣烂衫
一年到头，从早到晚。

抱着白菜回家

我抱着一棵大白菜
穿着大棉袄，裹着长围巾
疾走在结冰的路面上
在暮色中往家赶
这棵大白菜健康、茁壮、雍容
有北方之美、唐代之美
挨着它，就像挨着了大地的臀部
我抱着一棵大白菜回家
此时厨房里炉火正旺
一块温热的北豆腐

在案板上等着它

我两根胳膊交叉，搂着这棵白菜

感到与它前世有缘

都长在亚洲

想让它随我的姓

想跟她结拜成姐妹

想让天气预报里的白雪提前降临

轻轻覆盖它的前额和头顶

我抱着一棵大白菜

匆匆走过一个又一个高档饭店门口

经过高级轿车，经过穿裘皮大衣和高筒靴的女郎

我和我的白菜似在上演一出歌剧

天气越来越冷，心却冒着热气

我抱着一棵大白菜

顶风前行，传递着体温和想法

很像英勇的女游击队员

为破碎的山河

护送着鸡毛信

秋日，范家林村

把唐朝的那个秋日嫁接到

如今这个秋日上来

策马扬鞭与乘坐长安福特，有何区别
注意，我们的车型名称里
有他们共同爱着的长安

晚来了一千多年
玉米垛金黄，白菜碧绿，小狗站屋檐
昆虫在衰草间踉跄，杨树林唱起悲歌

村东头，公路桥边，通讯铁塔发射的无线波段
覆盖智能手机，覆盖了唐朝
东鲁的郡县

中国最伟大的诗人
请你们接收我们发去的信号

季节盛大，端出秋蔬、雪梨、酸枣、寒瓜
大醉之后，吟《橘颂》，咏《猛虎词》

阳光照耀过诗人，照耀过他们造访的隐者
如今映在我们身上的光芒依然新鲜
秋风横扫旷野，横扫历史
洞察一切却不泄露天机

尽量把步伐放慢些吧
以辨认当年诗人在荒坡迷路时
沾挂衣襟的苍耳

秋浦歌

确保独自一人行走，是为能够遇见李白
在古代的秋浦县，我住进如家
夜间电闪雷鸣，风雨叩着窗玻璃
犹如安史之乱中有长安来函

秋浦河，清溪河
两条河蜿蜒得那么忧愁
只剩一公里时，突然手挽手，一起跳入长江
水位监测塔上标识"池州"及江对面的"安庆"

竹筏与溪面平行，两侧山坡长满石楠和女贞
篓筐捞出鱼虾，炊烟溢出湿黑屋顶
白云的本意并不想把竹林压扁
巨石驮着古人的题字，横扫青天

数据降维，绿茶里的硒成为核心
带花纹的鳜鱼，身在水中而心在天上

餐馆门口的李白雕塑貌似球员
为表敬意，我放弃减肥，任自己胖成唐朝

崔县令、韦县令、柳少府，都得了赠诗
以与诗人对饮之名，载入文学史
代表无产阶级的冶炼工人亦获五言绝句
一首好诗比银和铜都要不朽

那么多的水、那么多的愁，从旧县名称里流出
凭车窗而望，越过省道的护栏
所见皆为量子纠缠：
汉字与山水、诗人与命运、众神与宇宙

王计兵的诗

王计兵（1969—　　），江苏徐州人。曾当过建筑工、捞沙工、小摊贩、废品回收员等。2019 年开始做外卖员。中国作家协会会员。著有诗集《赶时间的人》《我笨拙地爱着这个世界》《低处飞行》。曾获第二届国际微诗大赛金写手奖、第七届徐志摩微诗大赛三等奖、第五届徐州诗歌节年度诗人奖。被央视《遇见你》《新闻周刊》栏目报道。被誉为"外卖诗人"。

赶时间的人

从空气里赶出风
从风里赶出刀子
从骨头里赶出火
从火里赶出水

赶时间的人没有四季
只有一站和下一站

世界是一个地名
王庄村也是

每天我都能遇到
一个个飞奔的外卖员
用双脚锤击大地
在这个人间不断地淬火

外卖小哥的鸿鹄之志

毕业时他羽翼丰满
但现实很快
拔掉他的翎羽
他说，那时
就是一只落汤鸡
站在岩石上
抖落浑身的水珠
既然不能飞得更高
那就跑得最快
在路上
他耳边穿行的风声
让他感觉到自己
仍然在飞

疼痛是暂时的
作为一个有梦想的人
翅膀迟早会
再次让他在云端
翱翔自如

新骑手

送餐遭遇投诉
罚单减去他的收入
像切掉了一节香肠
愤怒让他出手
扇一个人的耳光
假设那个人
就在面前的空气里
后来又把手掌收回来
打了自己一巴掌
仿佛隐形人的还击

对于一个新入职的骑手
他能表达的只有那么多
如同他的收入
也只有那么多

故事简短得
像一根完整的香肠

发呆

是什么可以让一个人
承受一切，又忍住了一切
傍晚
我遇到的这个外卖小哥
正用发呆把自己雕成一根木头
我拍他肩膀
是担心他脚下生根
担心他接下来的奔跑
会像一株连根拔起的植物
尽管他回头瞪我的眼神里
满含岁月的风声
既没有春天，也没有落叶

生活从不亏欠任何人

我们是这个世界
后来的闯入者

生活从不亏欠任何人
是我们一直向世界索取生活
不是我们抓不住时间
而是我们太匆匆
时间抓不住我们

我们总是夸大其词
把愁云形容成悲伤
把小雨形容成河流
而我们一生的悲伤
不过是时间的两颗眼泪
白天一颗，夜晚一颗
我们的快乐也是如此

马行的诗

马行（1969—　），山东人。毕业于南京大学。曾在一线地质勘探队工作十年。现任某勘探队名誉职工、驻队作家，中国石化作家协会副主席，胜利油田作家协会主席。参加《诗刊》社第十七届青春诗会。著有诗集《从黄河入海口到塔克拉玛干》《无人区》《无人区的卡车》《地球的工号》等。曾获中华宝石文学奖、中华铁人文学奖、山东省第二届泰山文艺奖等。

荒漠书

几十年了，有一个大漠
还有一个戈壁，悄悄住进了我的身体

当我行走在大街上
极少有人知道
有些时候，大漠和戈壁与我的方向并不一致

我若孤独
必是大漠卷起了沙暴
我若走投无路
肯定是戈壁遇到了断崖

还好，每当风和日丽
天也就蓝了，也就空了

我不停地走啊，我在荒漠与俗世之间
空旷又虚无

克拉玛依

克拉玛依其实是从几百公里外的
地平线上窜出来的

随着太阳一路升高的是钻井架上的天空
慢慢向西包抄，跨越了克拉玛依所有山峰与峡谷的
是浪漫的晚霞

尽管克拉玛依戈壁滩上石头特别多
黑石油都流成河了
但克拉玛依会飞，会带着牧场、带着城市

带着石油工人的歌声飞

而飞得更快的是克拉玛依的鹰
它们已沿着白碱滩、乌尔禾一线
飞到了梦的边缘

勘探小站

方圆三百里，仅有的两栋铁皮房子多么安静
仪器车上的天线多么安静

冬去春来，当鹰飞远
小站四周的骆驼刺自会悄悄地开花

小站，小小的勘探小站
能够放慢脚步
当一名勘探工人也好

小站，小站，一个人在小站上生活久了
自会习惯与孤独打交道
自会用孤独
把一个地球轻轻转动

和布克赛尔小城以北

和布克赛尔小城以北
有一棵胡杨树

这么多年了，我在西部
总能看到一棵或几棵，北极星一样孤单的树

下午时分，我把勘探队的
蓝色卡车
停在了胡杨树下

二三十公里外，停着的一长列青黛色大山
火车一样
可能也会开走

大戈壁滩：一个人的基站

那天我一直在大戈壁滩上行进
颠簸的路上
突然发现高高的沙堆顶上

蹲着一个打电话的人

那是一个人的沙堆，一个人的手机基站
一个人的信号发射场
矗立在大戈壁滩上

傍晚光线昏暗
闪烁的手机屏面却分外醒目
旁边，还有一只狗
后腿不停地刨着

手机通了，再大的大戈壁滩
也会变小的
所谓远方，所谓天涯
不过是高高沙堆之上的
一缕轻风

我静静地望着，就像望着远方
望着另一个自己

声 明

经多方努力，本书仍有若干作品未能与版权所有人取得联系。请版权所有人见书后与我们联系（HRWX2011@163.com），以便及时支付稿费。感谢理解与支持！